聖者の戦い

小説フランス革命4

佐藤賢一

集英社文庫

聖者の戦い　小説フランス革命4　目次

地図・関連年表デザイン／今井秀之

【前巻まで】

1789年。フランス王国は深刻な財政危機に直面していた。大凶作による飢えと物価高騰で、苦しむ民衆の怒りは爆発寸前。財政再建のため、国王ルイ十六世が全国三部会を召集し、聖職代表の第一身分、貴族代表の第二身分、平民代表の第三身分の議員たちがフランス全土からヴェルサイユに集まった。

議員に選ばれ、政治改革の意欲に燃えるミラボーとロベスピエールだったが、特権二身分の差別意識から、議会は一向に進展しない。業を煮やした第三身分が、憲法の制定を目指して自らを憲法制定国民議会と改称すると、国王政府が議会に軍隊を差し向け、大衆に人気の平民大臣ネッケルも罷免してしまった。

たび重なる理不尽に激怒したパリの民衆は、弁護士デムーランの演説をきっかけに蜂起し、圧政の象徴、バスティーユ要塞を落とす。さらに、ミラボーの立ち回りによって、国王に革命と和解させることにも成功した。

勝利に沸き立つ民衆だったが、食糧難も物価高も改善されず、生活は苦しいまま。不満を募らせたパリの女たちがヴェルサイユ宮殿に押しかけ、国王一家をパリへと連れ去ってしまう。

革命期のパリ市街図

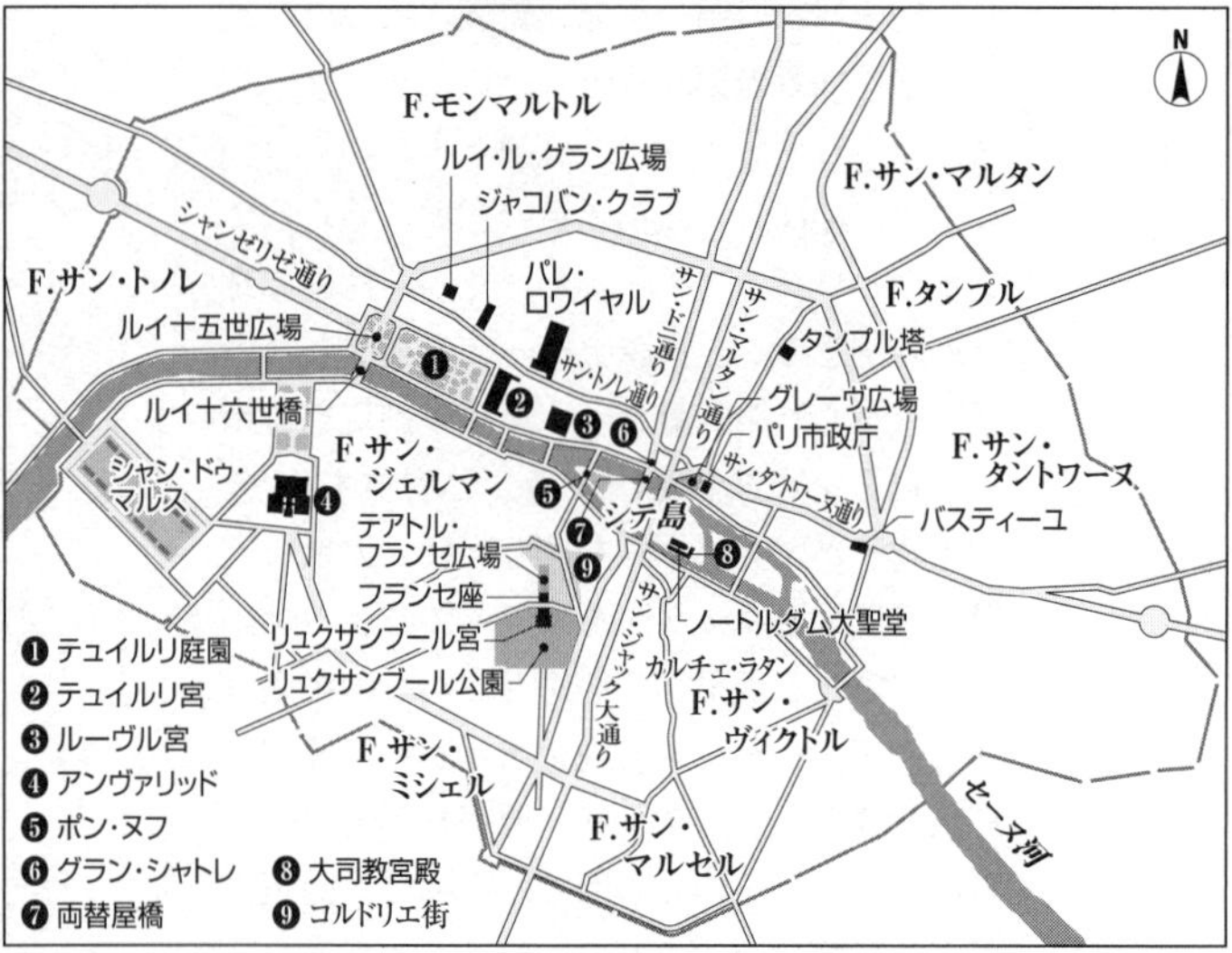

N
F.モンマルトル
ルイ・ル・グラン広場
ジャコバン・クラブ
F.サン・マルタン
シャンゼリゼ通り
F.サン・トノレ
パレ・ロワイヤル
サン・ドニ通り
サン・マルタン通り
F.タンプル
ルイ十五世広場
タンプル塔
サン・トノレ通り
グレーヴ広場
ルイ十六世橋
パリ市政庁
F.サン・タントワーヌ
F.サン・ジェルマン
サン・タントワーヌ通り
シャン・ドゥ・マルス
シテ島
バスティーユ
テアトル・フランセ広場
フランセ座
サン・ジャック大通り
ノートルダム大聖堂
リュクサンブール宮
リュクサンブール公園
カルチェ・ラタン
F.サン・ヴィクトル
F.サン・ミシェル
セーヌ河
F.サン・マルセル
❶ テュイルリ庭園
❷ テュイルリ宮
❸ ルーヴル宮
❹ アンヴァリッド
❺ ポン・ヌフ
❻ グラン・シャトレ
❼ 両替屋橋
❽ 大司教宮殿
❾ コルドリエ街

＊主要登場人物＊

タレイラン　オータン司教。憲法制定国民議会議員
ミラボー　プロヴァンス貴族。憲法制定国民議会議員
ロベスピエール　弁護士。憲法制定国民議会議員
デムーラン　ジャーナリスト。弁護士
マラ　自称作家、発明家。本業は医師
ダントン　市民活動家。弁護士
リュシル・デュプレシ　名門ブルジョワの娘。デムーランの恋人
ルイ十六世　フランス国王
ラ・ファイエット　アメリカ帰りの開明派貴族。憲法制定国民議会議員
シャンピオン・ドゥ・シセ　ボルドー大司教。国璽尚書。憲法制定国民議会議員
ラ・ファール　ナンシー司教。憲法制定国民議会議員
ラボー・ドゥ・サン・テティエンヌ　プロテスタントの牧師。第三身分代表議員
ボワジュラン　エクス・アン・プロヴァンス大司教。憲法制定国民議会議員
デュポール　憲法制定国民議会議員。三頭派の立案担当
ラメット　憲法制定国民議会議員。三頭派の工作担当
バルナーヴ　憲法制定国民議会議員。三頭派の弁論担当

Comme ecclésiastique, je fais hommage au clergé
de la sorte de peine que j'éprouve;
mais, comme citoyen,
j'aurai le courage qui convient à la vérité.

「聖職者としては教会に、
それこそ痛みも厭わないくらいの忠誠を誓います。
しかしながら、市民としては、
真実に殉じる勇気を持とうと思うのです」
（オータン司教タレイラン　1789年10月10日
ヴェルサイユ、憲法制定国民議会）

聖者の戦い

小説フランス革命4

1――決して急がず

玄関で外套《がいとう》を預けるや、タレイランは急ぎ足になった。待てない気分で求めたのは、もう諸聖人の祝日だからと早速に焚《た》き始めた、居間の暖炉の炎だった。

パリも厳しい季節を迎えていた。連日というもの、陰気な建物などに通わされていれば、なおのこと寒さがこたえる。日暮れも早く、夏と同じに働いても、いざ帰宅という時間には、すっかり暗くなっている。

シテ島からなら左岸に渡るだけで、それほど距離があるではなかった。にもかかわらず、馬車で戻る道半ばにして、もう暖炉の前に据えた安楽椅子《あんらくいす》が恋しくなったのだ。ああ、もう待てない。冷えきった足先を一刻も早く暖めたい。

――それが思うようにならないから、我ながらに歯がゆいのだ。

急ぎ足も遅々として、実際にはなかなか身体《からだ》を前には運んでくれなかった。タレイランは色の白い、生まれついての上品顔を歪《ゆが》めながら、ひとつ不機嫌に舌打ちした。その音に重なりながら、なお無粋に鳴り続けていたのが、右足の装具だった。

——キイキイ、キイキイ、うるさい奴《やつ》だ。

細長い鉄板を二枚並べて、膝下《ひざした》を左右から挟みこんでいる装具は、下端を靴に螺子留《ねじど》めし、上端を脛《すね》に革紐《かわひも》で巻いて装着する仕組である。つけたところで右足は引きずり加減で、やはり達者に歩けるわけではなかった。が、つけなければ、まるきり使いものにならない。あとは松葉杖《まつばづえ》に頼るしかない。

タレイランは足が悪い男だった。生まれつきのものとも、乳児の頃の怪我《けが》が原因とも伝える人間によってその説明は様々だったが、いずれにせよ物心ついた頃には、もう右足を引きずっていた。

——まったく、これだけが玉に瑕《きず》だよ。

他は完璧《かんぺき》に近いのだからと、タレイランは自分の容姿に自信があった。実際のところ、すらりとした長身に小さな頭を載せることで、その体軀《たいく》は見事な均衡の美を誇っていた。もっとも、いくらか先端が上向いている鼻梁《びりょう》は、傲慢《ごうまん》な印象になっているとも評される。左右の口角が下がる唇が気難しそうだと、悪意に解釈する向きもないではない。なお全体としては精妙な調和を崩さずに済めば済んだで、端整な顔立ちまでが酷薄そうだと陰口を叩《たた》かれるのだが、そうした全ての悪口も自らの完璧な美貌《びぼう》に寄せられた裏返しの讃辞《さんじ》に他ならないと、タレイランの自信は少しも揺るがなかったのだ。

――さもなくば、非の打ちようもないからね。

事実として、この美貌には靡《なび》かない女もないほどだった。一七五四年生まれなので、まだ三十五歳でしかなかったが、今日まで関係してきた女の数は自分でも覚えていないくらいである。

まあ、優雅で淫靡《いんび》なロココの風潮からすれば、そのこと自体は自慢にもならない。が、タレイランの相手のなかにはフランス屈指の身分を誇る貴婦人たち、ここだけの話としていえば、それこそ先王ルイ十五世のかつての正式な寵姫《ちょうき》までが紛れているのだ。

この世に虜《とりこ》にできない女もない。ああ、鏡にみる立ち姿には、我ながら惚《ほ》れ惚《ぼ》れする。それが前に足を踏み出したが最後で、がくがく肩が上下するような歩き方を強いられる。これでは周囲の目が気になるからと、装具をつければつけたで、今度は長靴下に巻きつく金属片のせいで、せっかくの身支度が台無しになってしまう。

――だから、私は座りたいのだ。

暖炉前の安楽椅子に辿《たど》りつくと、タレイランはふうと大きく息をついた。背もたれに体重を預けるほどに、ようやく自分の居場所が取り戻されたという安堵感《あんどかん》が、じわじわ心に広がっていく。そうするうちに、この世に思い通りにならないものなど、ないような気さえしてくる。

それは自分の住まいを眺め回しての感慨でもあった。

世界の始まりのごとく、少し前までは混沌《こんとん》が支配者だった。卓は卓の用をなさず、椅子も椅子の用をなさない。のみか、いたるところに大小の荷物が、汚らしい印象で置かれたままになっていた。それを着替えがいる、食器がいる、手紙を書かなければならないと、当座の用で半端に開けるものだから、いよいよ収拾がつかない体《てい》だったのだ。

タレイランはパリに引越してきたばかりだった。といって、大がかりな引越は、タレイランにかぎった話ではなかった。

一七八九年の暦も、十一月五日を数えていた。ヴェルサイユに押しかけた女たちに国王一家がパリに連行されてから、早いものでもう丸一月《ひとつき》がすぎた。

王から王妃からがテュイルリに押しこめられたきり、戻される気配もないとみるや、憲法制定国民議会は自らもヴェルサイユからパリに移動を決めた。議会は国王と不可分だからという、ほとんど笑い種《ぐさ》の口上だったが、それはさておき、この思いがけない展開の煽《あお》りを受けて、こちらも予定になかった引越という、できれば避けたい骨折りを、嫌がるわけにはいかなくなってしまったのだ。

もちろん、タレイランはパリにも屋敷を持っていた。土台がパリ生まれで、この中世以来の学都で学生生活も送ったので、都合人生の半分ほどを費やしている計算になる。ユニヴェルシテ通りとボーヌ通りの角地を占める今の屋敷も、若い頃から馴染《なじ》んだカルチェ・ラタンに鎮座していた。覚えのない大都会に狼狽《うろた》えながら、新たな住まいを探さなければならないなどという下々の苦労とは無縁だったが、それも裏を返せば、身軽に身体ひとつとは行かない境涯を意味している。

ヴェルサイユ宮殿に与えられていた私室から、一通りの荷物を運び出すだけで、馬車で六台分にもなった。空き家にしていたパリ屋敷も、セーヌ河岸に近いという一等地にしては狭いほうではなかったが、解《ほど》かれもしない梱包《こんぽう》の山に埋められては、さすがに足の踏み場もなくなった。ああ、冗談でなく、まともに歩けなかったくらいだよ。

――それも大分かたづいてきたか。

ようやくクラヴァットを弛《ゆる》めながら、やれやれとタレイランは今再びの溜《た》め息だった。もっとも、自分で片づけたわけではない。こんな下らない仕事に、自分の手を煩わされて堪《たま》るものかという思いもある。ああ、下男下女にやらせればよい。平民大臣ネッケルだの、議会第一の雄弁家ミラボーだの、アメリカ帰りの将軍ラ・ファイエットだの、ああいう貧乏性の働き者たちに任せて、うまく片づけさせればよいのだ。

タレイランが不敵な笑みながらに思うのは、当今の政局だった。大騒ぎは引越だけではない。振り返るまでもなく、一七八九年は激動の年だったのだ。

――フランス革命、か。

数年前から予兆はないではなかった。カロンヌが財務を担当していた時分に、その身辺にいたこともあって、来《きた》るべき激動の感触をタレイランは密《ひそ》かに確信してさえいた。

ああ、フランスの財政破綻《はたん》は深刻だ。にもかかわらず、聖職者も、貴族も、なべて特権身分は頑迷なのだ。波乱は必至、王家も無傷では済むまいとは考えていたのだが、それにしても、ここまで激震するとは思わなかった。

――思わぬ伏兵がいた。

第三身分のことである。その著しい台頭で、いつしか貴族の反乱が、人民の反乱にとってかわられた。特権身分が我を通すための全国三部会が、第三身分が発言するための国民議会に転身した。議員資格審査の問題、投票方法の問題で対立するや、議場を締め出されても球戯場《ジュ・ドゥ・ポーム》に集い、親臨会議が開かれても王の仲裁など容《い》れず、まさに一歩も引かない第三身分は、そのまま貴族を議場から放逐してしまったのだ。

あげくが憲法制定国民議会と名前を変えながら、立法権の優位を高らかに謳《うた》うことで、いよいよ国王の大権まで縛り上げようとしている昨今である。

――一時は、どうなることかと思った。

第三身分は暴力にも屈しなかった。国王政府が軍隊を動員して、気圧《けお》された議会が手詰まりになっても、そのときはパリの民衆が果敢な蜂起《ほうき》に踏み出した。七月のバスティーユ、十月のヴェルサイユと、それも二度だ。

ときを同じくして、世人は「革命」というような大それた言葉を唱え始めた。全体どこまで勢いづくのかと、さすがのタレイランも慌てかけたのだが、それもパリに舞台を移すことで大分かたづいてきたかなと、つまりは一段落ついたかなと思えてきた。

――はん、あの騒ぎ方ときたら、まったく……。

目を吊《つ》り上げ、髪を逆立て、あるいは口角泡を飛ばして正義を叫び、あげくが血まで流さなければならないとなると、明らかにタレイランの好みではなかった。ああ、そういう仕事は私には似合わない。散らかしものの後片づけは、やはり下男下女の類《たぐい》にやってもらわなければならない。

そう呻《うめ》くように繰り返せば、我ながら多少は言い訳めかないではなかった。これでタレイランも憲法制定国民議会の議員だった。全国三部会、国民議会と議席を占め続けながら、この革命とは常に一緒に歩んできた。そうでなくともヴェルサイユにはいたろうが、少なくともパリに来たのは、専ら議会と運命を共にするためだったのだ。

にもかかわらず、これまでは華々しい活躍をするではなかった。

意欲的に発言するも、それが取り上げられなかったという意味ではない。むしろ目立たないよう、目立たないよう、大勢を占める無能議員の列に紛れることのほうに腐心してきた。人権宣言の策定に携わるようになり、さらには憲法制定委員として作業を指導する立場を担い、タレイランが持てる力を働かせ始めたのは、ごくごく最近になってからの話なのである。

王国中から集められた俊英たちに囲まれて、はじめのうちは気後れしたなどという、そんな殊勝な理由でもなかった。それどころか、タレイランは己の才覚に絶対の自信がある。ただ、いくらか臆病《おくびょう》だったかもしれないとは自覚していた。もちろん、その臆病こそ利口の証《あかし》なのだとの自負もある。

――ああ、なにごとも決して急がず、少しも慌てず。

まずは高みの見物だよ。騒ぎたいだけ騒いでもらって、それが落ちついてからが、私の出番というわけさ。はじめから、そう考えていた。そろそろかなと見極めればこそ、タレイランは遅ればせながらの活動を開始したのだ。

大方の道筋が、みえてきていた。人権宣言が採択され、封建制の廃止が決められ、つまりは貴族が負けて、平民が勝利した。

――その勝ち馬に乗るが利口だ。

自由主義だの、民主主義だの、優勢を占めつつある今の政治信条に本気で傾倒する気はない。が、開明派を気取ることで、かかる標語を叫ぶことは造作もない。ああ、そういう手法で天下を取ろうというのが、私の考えというわけなのだよ。

2――大貴族

暖炉の薪が炎のなかでバチと弾けた。風見鶏よろしく節操がないと、聞いた風な口で責めるようでもあった。といって、ふんと鼻で笑いながら、なお自らを恥じ入ろうとは思わない。

あげくの望みにも野心という感覚はなかった。タレイランにいわせれば、全ては自分が本来あるべき場所を取り戻すための戦いにすぎなかった。

その意味では、むしろ聖戦だ。はじめから至高の地位が約束されているのだという、胸奥に秘める思いが微動だにしないからには、日和見《ひよりみ》の変節漢などという軽々しい輩《やから》から、自分ほど遠い人間も珍しいとさえ考えている。

シャルル・モーリス・ドゥ・タレイラン・ペリゴールは、ペリゴール伯爵シャルル・ダニエルを父として、ブールゴーニュに伝わる名門侯爵家の令嬢マリー・ヴィクトワール・エレオノール・ドゥ・ダマ・ダンティニーを母として、この世に生を享《う》けていた。

特筆するべきは父方の家系で、タレイラン・ペリゴール家は実のところ、その由来を遠く九世紀まで遡《さかのぼ》れる旧家中の旧家だった。「ペリゴール」とは今日なおフランス南西部を占める一州の地名であり、古《いにしえ》それを家領として支配した豪族の末裔《まつえい》であることを、自《おの》ずと暗喩《あんゆ》するものなのだ。

実際にペリゴールは伯領だったが、他方のタレイランについていえば、「戦列に切りこむ（タイユ・ラン）」というのが原義だった。

タレイラン・ペリゴールという家名は、いかにも中世風な「ペリゴール伯家の戦列に切りこむ勇者」という意味なのであり、そのへんの地名に爵位をつけながら、滑稽《こっけい》に名乗りを上げるような出来星貴族とは、そもそもの響き方からして別物である。

もちろん、由緒だけではない。タレイラン・ペリゴール家の男たちは、今日にいたる千年間を通じて、常に国政の中心、権力の中枢に君臨し続けていた。シャルル・モーリス自身の身体には、コルベールやシャミヤールというようなルイ十四世時代の高名な大臣の血が流れていたが、それとてもタレイラン・ペリゴール家が悠久の歴史において占めてきた地位を思えば、欠片《かけら》ほどの不思議もない話になる。

タレイランにしてみれば、自由主義の思想だの、民主主義の信条だのは、昨日今日の流行にすぎなかった。千年の時間を生き永らえてきた自らの血に比べたとき、なんらかの価値を持ちうるなどとは思えない。だからこそ、単なる道具として、冷淡に割り切れる。節操があるとか、ないとか、良心の呵責《かしやく》を覚える必要もない。いうまでもなく、自分に刃向かえるほどの代物だとも考えていなかった。ああ、楽な相手さ。

――九百年の王政時代のほうが、かえって歩きにくかったくらいだ。仮に革命が起きなくとも、これだけの生まれつきなのだ。タレイランには望めば大臣のポストくらい、簡単に回ってきたはずだった。が、それでは王家に仕えることになる。かかる立場さえ癪《しやく》に思えるからこその、旧家の気位なのである。

タレイラン・ペリゴール家の紋章は「赤の横縞《よこじま》に三頭の金の童獅子《わらべじし》」に、古い南フランスの言葉で「レ・クオ・ディウ（神のみ）」と銘を添えたものである。

――神のみ、つまりは王など眼中にない。

九世紀の家祖がペリゴール伯兼アングーレーム伯ヴィルグランという人物だったが、その時代にフランス王家の家祖にあたるロベール家、もしくはカペー家は、パリ伯でしかなかった。いまだ時代はフランク王国の御代《みよ》なのであり、しかも大帝シャルルマーニュ、西フランク王シャルル禿頭王《とくとうおう》というカロリング王朝の系譜に対して、ペリゴール伯家は一族、パリ伯家は家臣という立場だった。

格式をいうならば、タレイラン・ペリゴール家はフランス王家に引けを取らない。むしろ自家のほうが上だという意識が、タレイラン自身にはあった。フランス王家など目ざわりでならなかったろうと、先祖の思いを忖度《そんたく》することもしばしばだ。

事実、ペリゴール伯の先人たちはフランス王になど屈服せず、長く独立不羈《どくりつふき》の精神を貫いた。中世にはイングランド王家と組んで、フランス王家を苦しめたし、時代の趨勢《すうせい》に応じてフランス王家に服従せざるをえなくなってからも、ただ第一等の家臣の役分に甘んじることなく、しばしば反乱を画策している。

——ならば、今こそはタレイラン・ペリゴールの時代といえるかもしれない。

平民どもが貴族を打倒した勢いで、とうとう王まで追い詰めてくれた。その処遇をどうするべきか、制定される憲法において、いかなる地位を与えるべきか、なお議論は紛糾すると思われながら、今や主権が国民にあることだけは間違いない。だからこそ、タレイランは憲法制定委員として、人権宣言の文案推敲《すいこう》に力を入れたのだ。

その第六条に、こうある。

「全ての市民は、法律の観点では皆が平等であることの必然として、その能力に応じて、さらにいえば、その徳性と才能を見分けられる他には一切差別されることなく、同じ条件で、ありとあらゆる公的な位、地位、職に就くことができる」

いいかえれば、誰もが一番になれる時代が到来した。

「つまりは私の天下だ」

タレイランは暖炉の炎に向けて、思わず声に出していた。ああ、王家の寄生虫でしかないような、成り上がりの出来星どもとは歴然と異なる。究極の貴族主義は革命をこそ歓迎する。ああ、この勝ち馬に乗らない手はない。その乗り方も私は心得ている。

――革命のほうでも、この私を歓迎するだろう。

そのこともタレイランは疑っていなかった。なんとなれば、余人に全体なにができたというのか。まだ問題は、ひとつも解決していないではないか。

国政に携わり続けた先祖伝来の高貴な血脈が、タレイランに冷静な目を与えていた。フランス王国の赤字はなくなっていなかった。それどころか、民衆の怒りに押し切られる格好で、入市税はじめ間接税がいくつか廃止されてしまったので、かえって財政難は深刻の度を増したくらいだ。

――にもかかわらず……。

この半年というもの、議員たちは代議制の原理原則を振りかざして、ただただ騒いでいただけだった。そもそもの全国三部会は、フランスという国家の破綻した財政を、今こそ立て直すために召集されたものだという事実さえ、すっかり忘れてしまったかのようだった。

――もっとも思い出したところで、手がないのは同じだが……。

復職した財務長官ネッケルは、もとより能なしである。ラ・ファイエットはフランス版ワシントンになりたいと、人気取りしか頭にない。ミラボーにしてみたところで、財政問題などは眼中にないようだ。ああ、やはり私しかいない。ああ、私にすれば、しごく簡単な話なのだ。ひとつ思いきればよいだけなのだ。

十月十日、すでにヴェルサイユでタレイランは議会にかけていた。大胆な発議は五日の騒動に皆が目を奪われた、その虚を衝《つ》いたものでもあった。

「聖職者の年金と教会の財産を没収して、直ちに国有化するべし」

不意討ちだっただけに、声は思いのほか大きく響いた。衝撃的でさえあったかもしれないが、理屈が通らないわけではなかった。

カトリック教会は独自の財源を有する組織だった。在俗教会は十分の一税を徴収できたし、それを元手に数々の事業も営んでいる。それにも増して修道院は自ら荘園を経営し、莫大《ばくだい》な年貢収入をほしいままにしていた。なにせフランス王国の農地の五分の一までが、教会、修道院の所有に帰しているほどなのだ。

これを国家が没収して、購入を希望する農民に随時払い下げればよい。その代金を国庫に入れれば、もはや財政再建は時間の問題となる。

国庫の負債は四十五億リーヴル、対するに教会財産の評価額は三十億リーヴルである。なお黒字に転換できるわけではないながら、そこまで財政状態を好転させれば、国債の引き受け手もないような現状は打破される。

かかる優れた提案を、自らは手もない議会が無視できるはずもなかった。

声が大きい、あのミラボーは旧知である。こちらとしては下僕のようなものだとも思うのだが、一応は昔馴染《むかしなじみ》としておこう。いずれにせよ、協力させるくらいは造作もない。焚《た》きつけて運動を開始すれば、パリに議会が移ってからの十一月二日の審議では、教会財産を国民の管理下に置くという法案も、簡単に可決に漕《こ》ぎつけられた。その国有化による財政再建の壮挙をもって、タレイラン・ペリゴールの名前はフランスの救世主として、いよいよ光り輝くというのだ。

「………」

もちろん、なお予断を許さない。反対意見も強いからだ。人権宣言を策定したときなど、国教と明記せよとごねたくらいであれば、カトリック教会が容易に認めるはずがないのだ。

捏《こ》ねた理屈が、こうだ。

「個人でなく、教会、修道院という組織が有するものだとはいえ、その土地は一種の私有財産とみなされるのであり、これを国家が強制的に押収するのでは、所有権の侵害にあたる」

タレイランの抗弁は、こうである。

「いや、そもそもカトリック教会の財産というものは、あまねくキリスト教徒のもの、つまりは神の教えに殉じて慈善を行うための財源、民人《たみびと》の困窮を救済するための手段として、教会に与えられているものではなかったでしょうか。純粋な私有財産とは申せず、むしろ公共の資産と考えたほうが、原初の精神にかなうのではありませんか」

建前は建前として、現実には聖職者も暮らさなければならない。年金を差し押さえられ、教会財産を奪われては、生活の糧《かて》を失ってしまう。その瞬間から、ミサひとつ挙げられなくなる。そうも反対論者は続けたが、これまたタレイランは簡単に論破してやった。ええ、御心配なく。

「向後において聖職者は、国家から俸給を支払われるようにすればよろしい。一種の公僕になれば、なんの問題もない」

3――聖域

議会の大半は熱烈な拍手だった。反対派議員は憮然《ぶぜん》としたが、こちらの素性を詳《つまび》らかにするならば、大司教、司教、大修道院長、修道院長というような高位聖職者ばかりなのだ。

いいかえれば、王国の五分の一という広大な農地を、ほんの一握りの人数で独占しながら、その上がりで贅沢三昧《ぜいたくざんまい》、飽食三昧に耽《ふけ》り、あげくが民人の困窮を横目にしながら、痛風が唯一の悩みだなどと嘆くような豚どもの一群だ。ああ、脂ぎった肥満体が論じるのでは、どれだけ巧みな理屈も説得力を持てるはずがないのだ。

――でなくとも、議会の矛先は、そろそろ坊主に向かうころだ。

タレイランの提案は、そう先の展開を見越したうえのものでもあった。

これまでは専ら貴族が槍玉《やりだま》に挙げられていた。ヴェルサイユでは第二身分が議会成立の敵とされていたし、パリでも「貴族の陰謀」という言葉でもって、それが諸悪の根源のような言われ方をされていた。

かたわら、全国三部会に第一身分といったごとく、聖職者も特権身分であるにもかかわらず、これまでは第二身分の陰に隠れる格好で、それほど取り沙汰《ざた》されてこなかった。が、そこいらの貴族など、実は可愛らしいものなのだ。土地問題にみるように、悠久の歴史のなかで数々の特権を許されながら、むしろ聖職者こそは誰よりアンシャン・レジームの権化《ごんげ》だったのだ。

――このまま見過ごされるはずがない。

暖炉に身体を暖めながら、そう冷たく観察するタレイランは、実は自らが聖職者だった。それもオータン司教という位にあって、フランスでも屈指の格式を誇る司教座を占めていた。議員というのも、そもそもが全国三部会の第一身分代表、つまりは聖職代表議員だった。

いうまでもなく、一族の声望にものをいわせた特進である。なかんずくランス大司教にして枢機卿《すうききょう》という、フランスの聖職者を代表する立場の叔父《おじ》、アレクサンドル・アンジェリク・ドゥ・タレイラン・ペリゴールの引きあっての栄誉である。いいかえるなら、タレイランは自身が破格の年金を支給され、また形ばかり修道院長を兼ねることで、いくつもの荘園を支配している、恵まれた高位聖職者の好例だった。

――だから、かえって好都合なのではないか。

他の議員では聖職者に遠慮して、教会財産の国有化など、仮に思いついたとしても発言できない。大きく叫べるとするならば、当の聖職者だけだ。あまつさえ、自らが高位を占め、莫大《ばくだい》な収入をほしいままにする人物が、それを公共の善のために進んで投げ出そうというような提案を行えば、どうなるか。

「ええ、聖職者としては教会に、それこそ痛みも厭《いと》わないくらいの忠誠を誓います。しかしながら、市民としては、真実に殉じる勇気を持とうと思うのです」

議会では実際そういってやった。自己犠牲の精神に溢《あふ》れた現代の聖者と敬われ、この方こそフランスの導き手だと仰ぎみられ、熱烈な支持を獲得するのは、もはや必定《ひつじよう》である。確信を深めるほどにタレイランの心は逸《はや》り、待てよと引き返す気分もなくなる。

「当たり前だ。今は民主主義が流行《はや》りなのだ。聖職などは時代遅れだ」

はん、もとより聖職で箔《はく》をつけなければ、己が立たない下郎ではない。その上がりがなければ暮らせないほどの貧乏人でもない。呟《つぶや》きを続けるごと、にんまりと頬《ほお》の笑みを大きくしながら、それと同時に目には燃えさかる炎が宿っていることも、タレイランは自覚していた。ああ、それも暖炉をみつめているからではない。今にして腹立たしい文句など、思い出してしまったからだ。

「いや、ですから、これは聖職者が暮らせる、暮らせないの問題ではないのです」

反対派の高位聖職者どもは、今日の議会でも熱く論じたものだった。ええ、我々が反対せざるをえないのは、自らの贅沢な暮らしを守りたいとか、かたわら国民の窮乏など与《あずか》り知るところではないとか、そうした卑しい考えからではないのです。

「これは聖職者の尊厳の問題なのです」

似非《えせ》の聖者がいうものだと、こちらのタレイランは相手にせず、ただ冷笑ばかりで報いてやった。よいことに連中は調子づいた。ええ、教会財産の国有化など、許される話ではありません。なんとなれば、聖職者の尊厳を冒し、また教会という神聖な結社を踏みにじる行いは、必ずや信仰を冒瀆《ぼうとく》する傲慢《ごうまん》に通じていくはずだからです。

「いかな祖国といえども、聖域に手を伸ばすべきではない。それは神を穢《けが》すに等しい振る舞いです。そのとき神の栄光は、この呪《のろ》われたフランスを決して祝福しないのです」

そのあまりな白々しさに、タレイランは議場にあっては、笑いを堪《こら》えるための努力を強いられたほどだった。聖域だと。神の栄光だと。神秘の決め文句を弄《ろう》して、無知蒙昧《むちもうまい》の人々を丸めこむ。それこそ生臭坊主が幾百年と繰り返してきた、アンシャン・レジームの常套手段ではないか。啓蒙主義が幅を利かせる現代において、なお臆面《おくめん》もなく叫ぶから、きさまらは早晩滅びざるをえないというのではないか。

それが今にして、業腹《ごうはら》に感じられた。はん、あるいは神の栄光を振りかざせば、この現代においても気圧《けお》される輩《やから》は少なくないのかもしれない。が、この私は違う。私だけは違う。なにが聖域を冒すだ。なにが信仰を冒瀆するだ。なにが神を穢すだ。

――ならば、聖職に穢された私は、どうなる。

シャルル・モーリス・ドゥ・タレイラン・ペリゴールは次男だった。が、兄の夭折《ようせつ》で、事実上の長男になっていた。にもかかわらず、右足が悪かったために、家門の嫡子《ちゃくし》は三男アルシャンボーと決められたのだ。厄介払いとばかりに、こちらが送り出された先が聖職だったのだ。

――むしろ神など気分が悪い。

そんな栄光などいらないと、タレイランは思う。王家による絶対主義も、人民による民主主義も、タレイラン・ペリゴール家には問題でない。加えるに私にとっては、神さえ聖域ではありえない。聖域があるとすれば、それは自分だ。

――ただ自分のみなのだ。

つきつめれば人間誰しも、そういうものではないかと、タレイランは達観していた。ただ自分に正直になるか、ならないか、それだけの違いである。そのうち、なれない者が語り出すのが、愛だの、慈しみだの、助け合いだのといった偽善の言葉だ。正直な自分を守れるだけの、頭脳も、肉体も、また心の強さも持たないことの裏返し、つまりは負け犬の泣き言というわけだ。

そう切り捨ててしまうなら、千年の長きにわたるタレイラン・ペリゴール家の歴史も、また負け犬の歴史だった。「神のみ」などと、偽善を掲げ続けたからだ。己に自信が持てないまま、その嘘《うそ》に縋《すが》り続けたからだ。が、その宿命を私なら打破できる。神にさえ屈服しないことで、きっと打ち破ることができる。

――だからこそ、天下を望もうというのだ。

ふと気づいたところ、窓の向こうに賑《にぎ》やかな気配が感じられた。労働者の一群がユニヴェルシテ通りを家路に急いでいるのだろう。不景気が続くパリにあって、珍しくも陽気なのは、思いがけない仕事にありついていたからだろう。

「ああ、世のなかには物好きもいたものさ。この石ころを高値で買おうってんだからな」

「なにいってんだい。ただの石ころじゃねえ。バスティーユの石ころさ」

ミラボーが最初の鶴嘴《つるはし》を下ろして、バスティーユ要塞《ようさい》の解体工事が始まっていた。記念として保存しようという声もあったが、実は郊外のヴァンセンヌ城まで地下道が続いていて、陰謀たくましい貴族どもが奪還作戦を計画しているという噂《うわさ》もあり、ならばと取り壊してしまうことになったのだ。

この公共事業に思いがけない稼ぎ口を見出《みいだ》して、うまく現場に潜りこめた連中は、なるほど幸運だった。日給が支払われるだけでなく、どうせ運び出すのだからと、バスティーユの瓦礫《がれき》は持ち帰り放題になっていたからだ。それこそ革命の記念なのだと、好んで買い求めるようなブルジョワも、パリでは跡を絶たないというのだ。

「まったく、革命ばんばんざいだ」

バスティーユは突貫工事で、みる間に更地に戻っていった。その廃墟《はいきょ》というより跡地を眺め渡しながら、昨今もう革命は終わったとも囁《ささや》かれている。王立の軍事施設が、パリ市民の話し合いで勝手に壊されているのだから、なるほど確かに時代は転換した。が、だからといって、なにひとつ過去は清算されていない。問題は、いまだ山積している。

――なにより、このタレイランの革命は、これからが本番だよ。

肘掛《ひじかけ》の彫刻を掌《てのひら》に撫《な》でながら、タレイランは安楽椅子《あんらくいす》に、いっそう深く身体《からだ》を預けた。すでにして右足は完全に自由である。そうして平素の不自由を忘れられれば、いよいよ自分が全能の神であるかのような気がしてくる。ああ、これからだ。これからなのだよ、本当の革命は。

4——神殿

パリに移るや、憲法制定国民議会は取り急ぎの議場をパリ大司教宮殿に求めた。大司教宮殿はシテ島の東南隅を占めながら、南側のセーヌ河岸に沿うようにして、細長く棟を連ねる建物だった。見方を変えれば、まるで自らを堅固な壁としながら、北側のノートルダム大聖堂を守っているかのようでもある。

実際のところ、大聖堂を議場に借りうけようという話は出ていた。それが一部の聖職議員の反対で、反故《ほご》にされてしまったのだ。

——不心得者など、神殿には断じて入れさせぬという理屈か。

ミラボーは苦笑を禁じえなかった。タレイランの奴《やつ》も、よくやる。教会財産の国有化などと、歴《れっき》とした高位聖職者がよくも発議を思いきったものだ。

驚いたわけではない。今でこそ澄まし顔の司教猊下《しきょうげいか》だが、そのタレイランもミラボーにとってみれば、放蕩《ほうとう》時代の悪友に他ならなかった。

実際、二人して遊び呆《ほう》けた。教会の懺悔《ざんげ》で口にするのも憚《はばか》られるような背徳のかぎりも尽くした。借金で首が回らなくなるや、投機のような真似《まね》もした。最後は喧嘩別《けんかわか》れのようになって、この数年は疎遠になっていたのだが、それが一七八九年の今年に互いに議員として、思いがけずも再会することになったのだ。

――一種の腐れ縁か。

好き嫌いは別として、互いに相手のことを知り尽くしている間柄でもあった。であれば、驚かない。神経質そうな見た目に反して、あのタレイランは根が豪胆な男なのだ。

――ただ、できれば、もう少し慎重にな。

豪胆の裏返しといおうか、あるいは傲慢《ごうまん》きわまりない地金が出るというべきか、いずれにせよ、タレイランには些《いささ》か無神経な嫌いがあった。相手の心理を斟酌《しんしやく》できず、微妙な一線に気づくことすらないままに、それをしばしば無頓着《むとんちやく》に踏み越える。

またかとミラボーが辟易《へきえき》したのは、教会財産国有化などという大それた提案を、せっかちにもヴェルサイユで声に出したことだった。おかげでカトリック教会には、とことん警戒されてしまった。議会がパリに移っても、大聖堂を貸してもらえなくなった。

――惜しかったな。

ゴシック様式の高天井は、うわんうわんと声を大きく反響させる。なんでもない言葉であっても、神の啓示さながらに響きわたり、霊感となって人々の心に深く沁《し》み入る。

バリトンの声を誇る雄弁家にしてみれば、まさに最高の装置だ。

それが使えなくなった。かわりの大司教宮殿では、大広間が提供されるも、やはり手狭な感は否めなかった。ヴェルサイユのムニュ・プレジール公会堂に比べても、演説の声は容易に響かず、こちらで提案を始める身には、苦労が多いばかりである。

――とはいえ、獅子《しし》なら雄叫《おたけ》びの場所など選ぶまい。

思い直して、ミラボーは演説を始めていた。その日も憲法制定国民議会は、財政問題の審議に時間を割いていた。

「ええ、ええ、その通りなのですが、財政再建の方策も、教会財産の国有化だけではありません。他にも、例えば我がフランスには独立戦争の際にアメリカ合衆国に与えた借款があります。その利子分を小麦現物でよいからと、至急支払わせることにすれば、ただちに国債の発行が可能になります。そのうえで国債管理を専らとする国家基金の設立を、今すぐ決断するべきだと思うのです。

「というのも、もう手を拱《こまね》いている場合ではない。ネッケル財務長官閣下の失策は、もはや隠しようもありません」

声の張りは悪くなかった。これは心に支《つか》えがないせいか。ある意味での本音を語れているからか。演説の高揚感に今こそと身を委《ゆだ》ねながら、ミラボーは言葉を続けた。

「もう今日で十一月六日になります。七月に罷免《ひめん》されたネッケル閣下が、再び登板することになってからだけでも、四ヵ月になろうとしています。今度こそ辣腕《らつわん》が振るわれると、期待は大きく膨らみました。にもかかわらず、現在も物価は高騰を続けているのです。貨幣価値は下落の一途を辿《たど》るばかり。持てる者は虎《とら》の子の金の秘匿に走り、持たざる者は銀行手形から逃げ回る。物品の騰貴に乗じる買い占めが横行したり、あるいは思惑買いまで仕組まれたりと、もはや社会危機といってよい。これら全てはネッケル閣下が無為を貪《むさぼ》られてきたという、なによりの証拠なのではありますまいか」

革命の舞台はヴェルサイユからパリへ、かかる政局の大転換を受けて、世情も静かに、それでいて大きく変わり始めていた。最たるものがネッケル人気の急激な凋落《ちょうらく》なのだ。

ミラボーが察するところ、それは民衆が獲得した自信の表れだった。平民大臣、庶民の星と崇《あが》め奉らんばかりにしながら、従前まではネッケルに期待するしか術《すべ》がなかった。が、バスティーユ、ヴェルサイユと二度の決起を成功させて、民衆は自分たちにも力があることを知ったのだ。もう誰かに思いを託す必要がなくなったのだ。

してみると、ネッケルの無能ばかりが目につき始めた。あんなに応援してきたのに、財務長官閣下はなにもしてくれない。革命を成功させたのに、暮らしは少しも楽にならない。そうやって人々が不平不満を呟《つぶや》くようになれば、もう遠慮している謂《いわ》れはない。

――追い落としにかかるのは当然だ。

といって、それも容易な話ではなかった。方法が与えられていないからだ。閣僚の任免権は王にあるからだ。議会は任命もできなければ罷免もできず、その異動を承認するという形で間接的に介入する権能さえ、与えられてはいなかった。

当のネッケルが七月に復職を果たした一件にせよ、その更迭《こうてつ》に怒る民衆の蜂起《ほうき》に気圧《けお》されて、王が譲歩したというだけの話である。にもかかわらず、この不備に議員の大半が、いまだ気づいてさえいない。

ミラボーは議場に続けた。

「いいかえれば、この国家の難局は現政府の信用危機でもあります。なるほど、無理もない。国王政府の内閣ときたら、いまだ議会と不和にあるままなのですから……」

例えば閣僚の誰かが議会に出席し、また議事にも参加するならば、議会と政府の間に軋轢《あつれき》が生じることもないのでしょうが……。いいよどむことで、わざと議場の興味を掻《か》きたてながら、それこそ財政問題にかこつけて持ち出した、ミラボーの本題だった。

ひとつ咳払《せきばら》いを挟んで、いよいよ勝負である。

「いずれにせよ、執行権と立法権が互いに敵視しあうばかりで、公的な事柄について共に論じることさえ厭《いと》うようでは、どんな公的権力も成立しません。ましてや財政再建など、どんな妙手を講じたところで、夢のまた夢という話になります」

王に革命を認めさせる。王に議会を支持させる。かねて自らに課している、それがミラボーの使命だった。

あるいは王の側としては、有力議員を抱きこんで、議会を自らの有利に誘導させ、ひいては革命を骨抜きにすると、それが本意なのかもしれなかった。が、こちらとしては、あくまで両者の橋渡しのつもりなのだ。

それも一方が強く、他方が弱いというのでなく、執行権と立法権は対等の関係で協調していくべきなのだと、政治的な信念あっての話である。

――それが、うまくいかない。

声をかけられるや、ミラボーは王家の筋とも連絡を取り始めていた。ヴェルサイユからパリに議会が移動する、どさくさ紛れというわけではないながら、数人の閣僚とも何度か懇談する機会を得た。その感触がよくなかったのだ。

連中は、なべて議会を敵視していた。情勢が情勢だけに、革命など打ち負かしてやると、鼻息荒いところこそみせなかったものの、協調しようとか、連携しようとか、そういう意向は皆無だった。歩み寄るとか、妥協するとか、現実的な思考すらないのであり、ことによると心奥に隠している逆襲の決意さえ、垣間《かいま》みえたような気がした。

――これでは王家のためになど働けない。

こうまで反動的な輩《やから》が周囲を固めているのでは、ルイ十六世が革命を認めるわけもない。ああ、これでは埒《らち》が明かないと憤激しながら、ミラボーは行動を開始した。いうまでもない、議会随一の雄弁家としてだ。ききまらが聞く耳を持たないなら、あとは議会を動かすのみなのだ。

ミラボーは議場を見回した。向こうから迎えたのは、こちらを注視する目、目、目、まさに無数の眼差《まなざし》だった。居眠りの議員もみつからず、まさに聞く気まんまんだ。皆が興味を抱《いだ》いて、ほとんど食いつく勢いだ。

なるほど、一時は過激に走りかけた革命も、ここに来て落ち着きを取り戻しつつあった。不透明な先行きに皆が不安を感じ始めてもいる。それぞれに主義主張は違うにせよ、激越な闘争ばかりは、そろそろ潮時にしたいというのが本音なのだ。

「とにかく、方法を探そうではありませんか。溝が大きくなるばかりの不和に、終止符を打とうではありませんか」

ミラボーは話を前進させた。

「ひとつの方法ではないかと思います。ええ、私としては王の大臣に議会に出席してもらうことも、ひとつの方法ではないかと思います。現にイギリス議会は、そうなっています」

ミラボーは話を前進させた。大臣は進めたい政策について、または通したい法案について、議会で議員に質問されるや、その場で返答してくれます。議員、すなわち国民の利害のために不合理な企てあらば、あるいは曖昧《あいまい》な部分があるときでさえ見逃すことなく、それを果敢に正す権利を有する代表者たちが、皆で国政の是非を裁くというわけなのです。

「いや、あくまで仕事を裁くのであって、大臣本人を裁くのではありませんよ」

それは司法の役割だ。そうやって、ひとつ議場の笑いを招いてから、ミラボーは畳みかけた。いや、あるいは大臣を裁かなければならない事態も起こるかもしれません。けれど、国民に対する裏切りも、犯罪の域にまで長じていない、まだ芽のうちに摘んでおくほうが利口だ。

「もちろん、逆もありえます。議会が邪《よこしま》な企てを行えば、それを閣僚たちは即座に糾弾することでしょう。それもまた望むところではありませんか。国民に迷惑をかける前に、我らは謙虚に批判を容《い》れようではありませんか」

いずれにせよ、陛下の大臣を議会に招きましょう。せめて憲法の条文が全て完成するまでは、ともに質《ただ》し質されながら、そうすることで審議を実りあるものにしていきましょう。そうやって発議まで進めたが、議場の反応はといえば、いくらか戸惑う風だった。

5――大臣の椅子

――無理もない。

と、ミラボーは思う。こちらが政府に介入するのは望むところだ。が、あちらの閣僚が議会に介入してくるとなると、それを議員たちは手放しでは喜べないのだ。

五月以来の顚末《てんまつ》が顚末だけに、不信感は残らざるをえなかった。思い通りにならない第三身分を遇するに、議場を奪い、雨中の野外に放り出したり。国民議会の解散を命じて拒否されると、今度は軍隊を動員したり。縋《すが》るような思いで、ネッケルに閣議での奮闘を期待するも、ことごとく期待外れに終わったり。

――あの大臣どもが議会のためになるとは思えない。

ことによると、議会を潰《つぶ》されかねない。このまま敵対していたほうが、まだしも議会のためになる。閣僚の面々が改心したとはいえない現下において、その危惧《きぐ》は正鵠《せいこく》を射たものでもあった。ああ、無理もない。ああ、当たり前の話だ。

——あんな連中は、誰より先に俺《おれ》が御免だ。

先読みしないミラボーではなかった。というより、いったん反感が立ち上がるよう、はじめから作為しての演説だった。ああ、まさに目論見《もくろみ》通りだと、ほくそ笑む気分であるからには、かたわらでは仕込みも上々になっている。

ざわざわするばかりの議場に声が上がった。

「逆に議員のなかから大臣を選べばいいんじゃないか」

これを誘い水として、議場には囁《ささや》き声が溢《あふ》れ始めた。ああ、そうか。議員なら、はじめから議会に出ているわけだしな。ああ、それなら大臣が議会にいて、なんの厄介も起こらないな。向こうの政府から、なにか注文をつけられるわけじゃない。こちらの議会から逆に要求をもっていってもらえる。

「ああ、そうだ。議員のなかから大臣を選んで、それを政府に送り出そう」

役立たずのネッケルを追い出して、立法権と執行権の橋渡しになってもらおう。勝手に声が上がるままにさせて、その様子をミラボーは満足げに見守った。

それこそが狙《ねら》いだった。閣僚を代えなければならない。旧態依然たる面々が身構えているかぎり、議会との協調などありえない。

実際のところ、こちらの議員が仮に心を広くして、閣僚を議会に招いたとしても、高慢な連中は恐らく応じないはずだった。議会の機嫌を取る理由はないと考えているからだ。任免権を有するのは王であり、王のためだけに計らえばいいと思うからだ。

——が、それでは困る。

これからは議会のためも考えてもらわなければならない。さもなくば、こちらの議会も自分たちのことばかり考えて、王のためなど計らわなくなるからだ。対立の図式が解けないばかりか、それでは王のためにもならないのだ。

——その理《ことわり》を無理にもわからせてやらなければならない。

議員のなかから大臣を選ぶという発議には、不可避的に任免権の問題も絡んでいた。すなわち、これからは議会が大臣を選ぶ。少なくとも閣僚の一部は選び、残りについても承認の権を保留する。

かかる法制化の議論まで、ミラボーは視野に入れていた。なんとなれば、任免権が議会にも与えられれば、閣僚は王のことばかり考えてはいられなくなるからだ。大臣が議会のためを計らうようになるならば、またこちらの議員も自然と王の都合を慮《おもんぱか》ろうとするからだ。

議場は盛り上がるばかりだった。ああ、そうだ。それこそはフランスの新しい形だ。立憲王政という言葉の意味だ。これは是非にも実現させなくては。さっそく人選にかからなければ。

「だから、当のミラボー伯爵に入閣してもらえばいいんだ」

ざわめきを、ひときわ高い声が再び貫いた。追従《ついしょう》する声も続く。なるほど、どうせ政府に送りこむなら、議会きっての雄弁家を送りこまない手はないぞ。ああ、伯爵ほどの人物なら、居丈高な大臣どもに囲まれても、縮こまる心配はないだろうしな。

「ああ、そうだ。革命の獅子《しし》には、いよいよ陛下の面前で大きく吠《ほ》えてもらわなければ」

駄目、駄目と手を振りながら、ミラボーは逃げ出すように演壇を降りた。冗談はよしてくれ。いや、本当に勘弁してくれ。私など、大臣の器なものか。まいった、まいった。そういわんばかりに頭も低く、こそこそと議員の列に隠れるようにして下がりながら、もちろん内心の言葉は違う。

――いわれなくても、そのつもりだ。

ミラボーは心のなかで続けていた。ああ、この私を措《お》いて、他の誰が大臣になれるというのだ。

自負も自覚もあるからこそ、下手《へた》に野心と思われたくはなかった。余人から待望する声が上がるという形を整えたのも、そもそもが議員から大臣を選べと、はじめから切り出すことなく、遠回りの論理を用いたのも、全てはそうした配慮からなのだ。

実をいえば、ミラボーはヴェルサイユにいる頃から画策していた。王家の筋、わけても閣僚の面々に接触したといって、ただ世間話をしたわけではなかった。会談を始めるや、一番に要求したのが大臣の椅子《いす》だったのだ。

王家のために働けというならば、それくらいの地位は必要だと思われた。他の議員と横並びでなく、頭ひとつ抜けた立場にあるならば、議会のほうも動かしやすい。議長が交替制になった今や、そのためには大臣を兼ねるしかないのだ。

現下の難局においては、一定程度の権力の集中も容認されるべきだった。凡百に秀でた能力を持ち、かつまた同じくらいに秀でた信念を持てる人物に国政を委《ゆだ》ねないでは、議論、紛糾、混乱、騒乱の繰り返しで、フランスは一歩も前進できないのだ。

議員という地位が、入閣を邪魔するものでもなかった。

——王が任命するならば、いくらでも大臣になれる。

現に議員でありながら、シャンピオン・ドゥ・シセ、ルフラン・ドゥ・ポンピニャンというような聖職者などは、ルイ十六世のお召しで入閣を果たしている。ならば、このミラボーもと運動を始めたのだが、あの連中ときたら、決して良い顔をしなかったのだ。

——不心得者など、神殿には断じて入れさせぬということか。

先に入閣した聖職議員どもが、タレイランの一党めと嫌った面はあるかもしれない。が、それ以上にミラボーが痛感したのは、自分自身に注がれた凍りつかんばかりに冷たい視線だった。はん、評判の悪い放蕩《ほうとう》貴族など、同僚と呼びたくないというわけだ。内閣に割りこまれては、晴れの大臣の椅子も穢《けが》れてしまうというわけだ。

実際のところ、借金まみれの男には、これで十分だろうといわんばかりに、閣僚の面々は金の話しかしなかった。以前に提示した額では不足ということかね。一体いくら欲しいんだね。その一点張りで、ポストの話となると、ならば大使に任命しようなどといってくる。欲張りもすぎると、外国に飛ばしてやるぞと、暗に脅すような返事なのである。

己《おの》が信念のためだからと、なお短気を爆発させず、ミラボーが粘り強く交渉しても、結果は代わり映えしなかった。せいぜいが財務でも、内務でも、外務でもない、部局なしの特命大臣という線でしか、話がまとまりそうになかった。

——だから、きさまら、なめてもらっては困るのだ。

ミラボーは談合を打ち切った。ああ、ふざけるな。だから、こちらは国王陛下直々に加勢を依頼されているのだ。王家の運命を任せられる人材など、他にみつからなかったからだ。いいかえれば、貴様ら閣僚は役立たずなのだ。腑抜《ふぬ》け大臣が革命の獅子ともあろう男を、ただの手駒《てごま》に使えるなどと勘違いしてもらっては困るのだ。

——はん、ひとがせっかく穏便に済ませてやろうとしたものを。

目にものみせてやると、そうした勢いでミラボーは議会に戻った。戻れば、大臣のポストを手に入れることくらい造作もない。なにせ議会随一の有力者なのだ。ひとたび演壇に上がれば、図抜けた雄弁にものをいわせることができるのだ。

実際のところ、法案は可決されそうだった。

「議会に閣僚の臨席を求める。その閣僚の少なくとも一部を議員のなかから選ぶ」

国政を円滑に運営していくために、しごく優れた方法というべきでしょうと、議員クレルモン・トネールが自ら進んで強く賛成してくれた。

財政問題そっちのけで、そのまま十一月六日の審議が費やされ、ブラン、ノアイユなど反対意見を述べる議員も続いた。が、それもイギリス方式では議会と内閣の癒着《ゆちゃく》を招く恐れがある、議員と大臣の議論が形骸化《けいがいか》するようでは、政治腐敗の温床になりかねないと、かかる危惧を表明するに留《とど》まった。

総じて議会の雰囲気からすれば、可決は間違いないと思われたのだ。

異変が起きたのは、翌十一月七日の議会だった。引き続きの審議に出された反対意見も、一人目の議員モンロジエ伯爵は問題ではなかった。大臣は国民の代表ではない、議会に入るのは筋違いだと力説するも、高度に政治的な措置を論じているときに、原理原則を持ち出したからと、議場の空気が一変するものではなかった。

二人目が議員ランジュイネで、ブルターニュ選出であるからには、ブルトン・クラブに所属する熱血漢の類《たぐい》だった。地元選挙人の請願書により、私は大臣と話すことさえ禁じられて全国三部会にやってきた、憲法制定国民議会の原則としても、やはり閣僚との和合は禁じられるべきだ、もとより我々は権力は分かたれるべきと望んだはずだ、等々、等々。

　これまた原理原則の羅列であり、やはり議場は動かなかった。不意のざわめきが起きたのは、次のような言葉が投げられたときである。ええ、それでは大臣が権力を取り戻すことになるだけです。立法権と執行権を再び一緒にしては大変なことになります。

「あまつさえ、その大権を野心家の玩具《おもちゃ》にしてよいはずがない」

　自分に視線が集まるのが、わかった。が、ミラボーは慌てなかった。入閣の意欲はある。それとなく伝わることで、議会が自分を選んでくれることも望んでいる。が、そうした意欲を、はっきり明言した覚えはないのだ。それどころか、遠回し遠回しに議論を誘導して、自分の口からは議員から大臣を出せとさえ発言してはいないのだ。

　野心云々《うんぬん》は少なくとも今の段階では、ただの憶測にすぎなかった。にもかかわらず、ランジュイネは大きな声で続けたのだ。

「ええ、そうした類の野心家は、この議場にみつかるはずだ」

　演壇のランジュイネが、こちらに目を向けていた。もはや名指ししたも同然だった。大した度胸ではないかと、こちらのミラボーも目を逸《そ》らさずに睨《にら》みかえした。理想家肌の熱血漢が逆上するあまり、許されない一線を越えたようだな。

　――おかしな因縁ふっかけてきて、ただで済むとは思わないことだ。

　無言ながら、獅子の眼光は十二分な威嚇《いかく》の意を相手に伝えたはずだった。それでもランジュイネは折れない。それどころか、駄目を押す。

「議員諸氏よ、まだわからないのですか。弁舌の天才が、あなた方を思うがままに操ろうとしている。いいかえれば、あなた方の支配者になろうとしている。ただの議員にすぎないときから、これだけ危険な男なのです。もし大臣の権能まで握られることになったなら、我々は一体どうなると思うのです」

さすがのミラボーも絶句した。ここまで、あからさまに公言するとは……。

6――妨害

――なにが起きた。

問うまでもなく、常に探索はさせていた。ものの五分もたたないうちに、こちらの秘書のコンプが近づいて、耳元に囁《ささや》きを入れてきた。ええ、伯爵、昨夜の話です。シャンピオン・ドゥ・シセが動いたようです。

告げられて、ミラボーは議席を探した。僧衣の肥満体は出席していなかった。ということは、今日の神父さまはテュイルリ宮で御務《おつと》めというわけでございますか。

ボルドー大司教シャンピオン・ドゥ・シセは、いうまでもなく聖職代表の議員であると同時に、国璽尚書《こくじしょうしょ》として内閣にも名前を連ねる男である。談合を重ねるも、断固ミラボーの入閣を拒んだ一味ということもできる。

「ただの議員にすぎないときから、これだけ危険な男なのです。もし大臣の権能まで握られることになったなら、我々は一体どうなると思うのです」

なるほどな、とミラボーは思った。ランジュイネの鉄面皮な台詞回《せりふまわ》しも、取り澄ました大司教《だいしきょう》猊下《げいか》の本音として聞くならば、それとして納得できるものだった。

——あるいは同じ本音も、凜々《りり》しい軍服が吐いたものか。

さらにミラボーが洞察するに、急遽《きゅうきょ》進められた昨夜の妨害工作には、かの国民衛兵隊司令官ラ・ファイエットも、一枚嚙《か》んでいるかもしれないなと。

それこそはミラボーの好敵手の名前である。「両世界の英雄」と呼ばれるアメリカ帰りは、議員としては凡庸の域を出ないながら、大衆の支持に押される形で台頭を果たした。ブルジョワ民兵を束ねる国民衛兵隊司令官への抜擢《ばってき》に、端的に表れている通りだが、加えるに国王ルイ十六世が、やはりヴェルサイユ事件に続く数日のうちに、直々に加勢を頼んだらしいのだ。

それもミラボーと合わせた議会工作の二枚看板というだけには留まらない。ラ・ファイエットの場合は、国王政府の内閣とも実質的な一体化を示しつつあった。自ら大臣の職に就くことはないものの、そこはフランス版ワシントンたらんとする男の面目躍如か、事実上の首班といえるくらいの影響力も振るっている。

なるほど、ルイ十六世は重用の証《あかし》として、ラ・ファイエットをパリ方面軍の司令官にも任じていた。今や民兵のみならず、正規軍まで動かせる立場なのだ。閣僚どもも擦り寄るはずだ。いざとなれば、武力の発動を頼めるからだ。これだけ心強い味方がいるのだから、議会など対立するままにして構わないのだ。

「………………」

ぎりと奥歯を噛みながら、ミラボーは問いかけたい思いだった。ああ、そうして味方を固めるのは構わない。ああ、好きに寄り集まればよい。が、きさまらは王のためを考えているのか。このフランスの行末を本当に考えているのか。

ランジュイネは続けていた。なればこそ、私は提案いたします。いかなる議員も議会の会期中には入閣することができないと、かかる原則を憲法制定国民議会の名の下に、直ちに法制化することはできないものでしょうか。

「馬鹿め」

ミラボーは小さく吐き出した。馬鹿め。陳腐な正義感を逆手に取られて、まんまと手《て》駒《ごま》に使われおって。誰を仲間にしたいとか、誰を仲間に入れたくないとか、そんな小さな了見しか頭にないような下らない連中の……。

大司教宮殿を出ても変わることなく、頭上は重苦しい感じだった。すぐのところにノートルダム大聖堂の双子の鐘楼が、二つながら競うように聳《そび》えているので、やはり巨大な双子の影に界隈《かいわい》が黒く塗りつぶされるからだった。

でなくとも、シテ島は都心中の都心である。どの方角を目指したところで、びっしりと隙間《すきま》もないほど建物がひしめいて、しかも通りという通りが狭い。

まるで迷路だ。実際、迷うものがいたとしても不思議でなかった。かてて加えて、露店商が屋台を運び、水売りが左右の肩に水桶《みずおけ》の竿《さお》を渡し、花売りが買ってくれそうな女連れを探しと、人の流れは全方位で絶えることがないのだから、ほとんど意地悪されているようなものだ。

議員のなかでもパリ暮らしの経験がない輩《やから》など、右も左もわからず途方に暮れるばかりだろう。あるいは今にして、御上《おのぼ》りさんの心細さを嚙み締めることになるか。これまでのヴェルサイユは街そのものが小さかったし、それに区画も整備されて、随分わかりやすかったのだ。

もちろん、ミラボーには迷子の心配などなかった。馬車にはポン・ヌフで待つように命じてあった。

サン・クリストフ通り、カランドル通りとシテ島を西に抜けて、コンシェルジュリの突きあたりで右に折れれば、付属の大時計がみえてくる。そこで今度は左に折れて、セーヌ河岸に出てしまえば、いくらか道路も広くなる。さらに先のポン・ヌフ界隈となれば、前世紀にアンリ四世が大規模な区画整備を断行した場所なので、もうかなりゆったりしている。

——さて、そこまでは歩くか。

背後から名前を呼ばれたような気もした。いや、確かに伯爵と呼びかけられた。近づいてくる足音まで聞こえてきたが、それを無視して、ミラボーは歩を進めた。わかりにくい路地を抜けて、まいてやれとも考えていた。今は誰とも話したくなかったからだ。が、足音はきちんとついてきた。相手もパリに土地勘があるらしかった。仕方がないと振りかえると、追いかけてきたのは、子供にしてはやや大きな影だった。

――いや、大人で小柄なのか。

こちらの大股《おおまた》の歩みに遅れまいとすれば、駆け足にならざるをえなかったのだろう。ロベスピエールは両膝《りょうひざ》に手をついて、肩で息をする体《てい》だった。ぴったりの法服を糊《のり》で張りつけているかのような、その小さく平らな背中が、なんだか新鮮にみえた。

実際のところ、久しぶりだった。パリに引越す騒ぎもあったが、すでにヴェルサイユで疎遠になっていたようにも思う。こちらも王家の筋と会うのに忙殺されていたが、先んじて向こうのほうが、なんだか距離を置くような素ぶりだった。

「残念でしたね」

と、ロベスピエールは始めた。今日の採決の結果をいうのだろう。

議会に閣僚の臨席を求める、その閣僚の少なくとも一部を議員のなかから選ぶという発議は、投票にもかけられなかった。賛成多数で可決されたのは、いかなる議員も議会の会期中には入閣することができないという、提出されたばかりの法案のほうだった。

ミラボーは悪びれずに答えた。

「ああ、無念だ」

「個人の野心が嫌われたということでしょうか」

そう返すロベスピエールを、ミラボーは苦笑でやりすごすしかなかった。はん、随分はっきりというものだ。

思えば当然の話で、この小男もブルトン・クラブの一員だった。理想家肌の熱血漢というわけであり、皆の代表としてランジュイネが演壇に立ったものの、昨夜の集会ではロベスピエールなども、野心家の横暴を許すなと声を張り上げていたかもしれない。

――まあ、野心といえば野心だ。

この期《ご》に及んで自分を美化するつもりはなかった。が、だからといって、ミラボーは釈然としたわけでもなかった。

「伯爵の御力は買っているんです。けれど時々わからなくなるんです。僕たちとしても国民の幸福を第一に考えてくださるというならば、伯爵のことは同志として、是非にも仲間に迎えたいと考えているのですが」

そんな風にロベスピエールに続けられれば、なおのこと、そのまま聞いているつもりにはなれなかった。

ミラボーは問いかえした。ああ、確かに野心は嫌われるのかもしれないな。

「で、君たちは、保身は嫌わないのかね」

「えっ、なに、保身、ですか」

「ああ、そうだ。私は野心を肯定するし、また保身も唾棄《だき》しない。が、君たちの信条からすると、やはり保身も嫌うべきものではないかと思ったものでね」

「そ、それは国民の利益を損なうような保身なら許せませんよ。しかし……」

「それほどの悪人はいないと。はたして、そうかな」

一方的に切り上げると、またミラボーは歩き出した。釈然としないといえば、どうにも腑《ふ》に落ちない話だった。名指しで入閣を阻止するような、露骨な法案が成立したことが、である。賛成多数で、あっさり可決されてしまったことが、なのである。

シャンピオン・ドゥ・シセやラ・ファイエットら、閣僚筋は確かに暗躍しただろう。その巧みな煽動《せんどう》にほだされて、ブルトン・クラブの熱血漢が踊らされたのも間違いない。

──が、だからといって、議会全体が一緒に踊るか。

閣僚筋は無論のこと、ブルトン・クラブも議会の多数派ではなかった。ミラボーを憎き裏切り者タレイランの盟友と忌み嫌う、一部の聖職議員を合わせたところで、なお過半数には届かない。いうまでもなく、多数派が動かなければ、どんな法案も成立のしようがない。

「なあ、ロベスピエール君、我々が互いに袂《たもと》を分かつのは……」

「袂を分かつだなんて、そんなつもりは……。ただ伯爵には、もう少し……」

「いや、いいのだ。別な道を行くこと自体は構わないのだ。ただ、ひとつだけ考えてほしい。君にとって、本当の敵は、この私なのだろうかね」

ロベスピエールは今度こそ、ハッとした顔になった。ああ、また別な神殿が建てられつつあるようだよ。それも他者の立ち入りを許さないような、なんとも狭量で、しかも尊大きわまりない神殿がね。立ち尽くす小男をおきざりに、ミラボーは迎えの馬車へと足を急がせるのみだった。

7――ジャコバン・クラブ

ロベスピエールにとって、パリは学生時代を過ごした青春の都だった。

もう田舎《いなか》のアラスに退いて長いが、久方ぶりのパリでも大都会に気後れしたりはしなかった。それどころか、あちらこちらに見覚えある懐かしさは、どこか嬉《うれ》しさにも通じるものであり、学生の頃に戻れたような錯覚に捕われるときさえある。

――あの頃の感覚が蘇《よみがえ》ってきたというべきか。

ルイ・ル・グラン学院に在籍した五年間の思い出は、決して悪いものではなかった。いや、これまでの人生で最も輝かしい季節だったと、そうまで振り返ることもある。

ロベスピエールは優等生だった。勉強の成績も抜群だったし、いざ議論に挑んでも、誰に負けたという覚えがない。まさに学院きっての秀才として、信奉者を何人も従えたほどだ。教師にまで一目置かれて、このまま行けば、きっと世のなかの役に立つ人間になれるだろうと、ひたすら自尊心を高揚させる日々だったのだ。

――若かった。

いや、子供だったなと、ロベスピエールは思う。いや、そう思うことで最近まで、学生時代の栄光を無理にも片づけようとしてきた。

仕事を持ち、社会に出れば、学生の議論のようには行かない。弁護士として目の前の事務を片づけ、日々の糧《かて》を手に入れるのが精一杯であり、知識人としての自負さえも、夜の僅《わず》かな時間に本を読んだり、駄文を書いたり、そんな矮小《わいしょう》な満足感で足れりとした。

そのうち、地元の知識人が集まるサロンで、それらしいお喋《しゃべ》りに興じるほかは、あえて誰かと議論したいとも思わないようになった。というより、ほとんどなにも考えなくなった。かわりに便利な分別だけは自然と身につくような日々を、ロベスピエールは受け入れていた。それが大人になるということだとも考えていた。

――が、その大人に全体なにができたというのだ。

世のなかの役に立てたのか。社会をよくすることができたのか。答えは問うまでもなく、否《ノン》である。それどころか、懐かしいパリに足を踏み入れれば、俄《にわ》かに屹立《きつりつ》してくる問いかけがある。

――マクシミリヤン、おまえは逃げただけではないのか。

社会に出るのでも、大人になるのでもなく、その実は楽なほう、楽なほうへと、ただ流されただけではないのか。それくらいの言葉遣いで、これまで肯定してきた法曹生活を社会に迎合した嫌らしい日々だったと切り捨てて、学生だった頃の初心に立ち返りたくなったとすれば、それは恐らくパリの懐かしさのせいばかりではなかった。

――議論に熱中するあまり……。

頰《ほお》が火照る。それを冷たい風に撫《な》でられる心地よさを、ロベスピエールは再体験することになっていた。ふうと大きく息を吐き出し、忘れ物でもしたような気分で振りかえれば、そこに鎮座していたのは切妻屋根の僧院だった。

僧院はサン・トノレ通りに面して、芝生の庭園を設けられるくらいの敷地を占めていた。パリらしく四方を壁のように取り囲んでいる建物の列に、玄関前に植えられた糸杉の頭と鐘楼の屋根の十字架だけを、かろうじて抜け出させているような、ごくごく小さな施設である。

「そのまた小さな図書館が、我らが『憲法友の会』の集会場というわけだ」

と、ロベスピエールは独り呟《つぶや》いてみた。

憲法友の会というのは、全国三部会を戦う過程で第三身分代表議員の有志たちが立ち上げた、かのブルトン・クラブを前身とする組織である。

ヴェルサイユで勝ちえた最大の戦果が、憲法制定の決議だった。ブルトン・クラブを改名したのは、憲法こそ向後国政の柱になると、皆が確信しての話だった。が、それはそれ、世人というものは大層な意味を籠《こ》められた名前より、むしろ単なる記号に近いような、そのかわりに馴染《なじ》みやすい名前のほうを好むらしい。

パリに集会場を構えて、まだ一月ほどだというのに、憲法友の会は早くも「ジャコバン・クラブ」の異名を持つようになっていた。

図書館を借り受けた施設が、界隈《かいわい》では「ジャコバン僧院」と呼ばれていたからで、そこに集う連中だから、ジャコバン・クラブというわけである。

――まあ、中身からしても、それくらいで括《くく》るしかないのかな。

ロベスピエールには、そう譲る気分もあった。他でもない、頬が火照るくらいの議論をしてきたからだ。それだけ熱くならなければならないほど、異論を唱える相手が同席していたのだ。

ジャコバン・クラブは憲法とかなんとか、高邁《こうまい》な理念ひとつで括れるほど、皆が信条を等しくしているわけではなかった。デュポール、ラメット、バルナーヴというような愛国派と呼ばれる面々もいれば、聖職代表議員のグレゴワール師なども顔を出し、果ては形ばかりながら、ミラボーやラ・ファイエットなど王に近いとされる向きまで、その名前を会員として登録している。

なるほど、ばらばらだ。議論も紛糾するはずだ。

――とはいえ、議会でよりは私も発言できるのかな。

とも、ロベスピエールは考えていた。

最近とみに痛感するところ、議員は皆が平等ではなかった。いや、選挙で国民に選ばれたという資格は皆が平等で、望めば議会で発言することもできるのだが、その重みとなると、誰もが同じというわけにはいかないのだ。

当然ながら、その議員その議員で持てる能力に差がある。年齢も高低あり、学識の多《た》寡《か》も様々で、さらに前歴となると、裕福なブルジョワだったり、高等法院の高級官僚だったり、神学の学位を誇る聖職者だったりと、それこそ千差万別の体《てい》である。

応じて、人脈の広がりも同じというわけにはいかない。すでに手にした高名をひっさげて、議会に乗りこんでいる輩《やから》もいる。新聞やパンフレットを発行して、世論を操作できる議員も少なくない。

もちろん、雄弁の才に恵まれている者と恵まれていない者、カリスマ性を持てる者と持たざる者では、同じ演壇に立っても、発言の重みが全く別になってしまう。

――私などは明らかに力不足だ。

ロベスピエールは自覚を余儀なくされていた。三十一歳という年齢は、議員では若輩の部類に入る。弁護士なので相応の学はあるが、ルイ・ル・グラン学院で一番だったなどと自慢したところで、感心してくれる人もない。世人を瞠目《どうもく》させた業績があるでなし、はっきりいえば名もない一議員にすぎない。ならば名を上げてやろうと、勇んで演壇に上がったところで、声は小さく、背も低く、これでは満足に聞いてもらえない。

——ああ、まだまだ駄目なのだ、私は。

そう認めざるをえなくなったのは、ミラボーと袂《たもと》を分かってからだった。いや、分かつというような決然とした思いではなかったが、疑問に思うことが多くなるにつれて、少しずつ距離を置くようになったことは事実だ。してみると、議会での立場が一変してしまったのだ。

——こうまで冷たく無視されてしまうとは……。

ロベスピエールは思い知った。私は通用していない。ヴェルサイユで一端《いっぱし》の議員を気取れたとするならば、ミラボーが後見してくれたからだ。きゃんきゃん子犬が騒いでいるに等しい演説も、その後ろに今にも吠《ほ》え立てんとする獅子《しし》が控えていると思われたからこそ、それなりに耳を傾けられただけなのだ。

——あるいは犬というよりも……。

ミラボーの猿と、そう呼ばれたこともあった。いうまでもなく、ロベスピエールは悔しかった。私は独りで立ってやる。そう決意してみても、他面の正直をいえば、またミラボーに頼ろうとする気持ちが湧《わ》かないではないからだ。

いや、やはり伯爵の子分になるのは御免だ、でなくとも納得できない部分が多すぎると、心が揺れ戻ったり。いや、いや、どれだけ自分の正義に自信を持てたとしても、それを実現できなければ始まらないのだと落ちこんだり。

ロベスピエールは迷いを払拭《ふっしょく》できたわけではなかった。とはいえ、ミラボーの慧眼《けいがん》だけは信じられると、そう断じる際には屈託も綺麗になくなる。

「君にとって、本当の敵は、この私なのだろうかね」

ミラボーが問いかけた意味はわかった。実際のところ、ミラボーが大臣たらんとする野心に駆られたところで、それ自体は敵ではなかった。議会において、野心は力を持たないからだ。ましてやブルトン・クラブ改めジャコバン・クラブの義憤などが、力を持つはずがない。シャンピオン・ドゥ・シセら閣僚筋の思惑とて、同じく無力だ。

――議会を動かせるのは数の力だけだ。

とりたてて野心もなければ、正義感にも乏しく、権謀術数に長《た》けるわけでもないながら、ただ議会において多数派さえ占めていれば、その者たちは強いのだ。

――つまりは穏健なブルジョワ議員たちのことだ。

ヴェルサイユからパリに舞台が移されるや、これが俄かに反動の素ぶりを示すようになっていた。

いや、反動と悪意の言葉を選びながら、アルトワ伯を筆頭とする亡命貴族の手合いと一緒くたにしては、あるいは失礼なのかもしれない。

実際のところ、ブルジョワたちはアンシャン・レジームに戻りたいわけではなかった。

が、さらなる前進、さらなる変革を志向するわけでもない。もう革命は十分だ、もう満足だ、そろそろ終わりにしようじゃないかと囁《ささや》き合いながら、要するに連中は立ち止まろうとしているのだ。

「最たるものが選挙法だ」

そう口許《くちもと》で呟けば、ロベスピエールの足は何用がなくとも速くなる。ああ、のんびりなんて構えられない。思い出すほど、いてもたってもいられない気分になる。

8——マルク銀貨法

十月二十九日の審議において、新しい選挙法が可決していた。

一次集会で選挙人が選ばれ、その選挙人が二次集会で議員を選ぶという段取りは、全国三部会のそれと大きく変わるものではない。身分による区別が廃されただけだ。が、かわりに財産による区別が新たに設けられたのだ。

——人呼んで、マルク銀貨法。

選挙人や議員に立候補できるのは年に一マルク、つまりは五十リーヴル相当の納税を果たした者に限るという、被選挙権の規定に則した命名である。選挙人や議員になれるのは事実上、地主や企業家、せいぜいが法曹、商店主くらいまでということだ。

さらに選挙権についていえば、二十五歳以上の男子で、選挙区に一年以上の定住を果たしているという要件は問題ないとして、そのなかでも三日分の労働に相当する金額を納税できる人間にしか、やはり投票権は与えられないことになった。農村地帯の貧農は無論のこと、都市部でも下請けの職人や給料とりの労働者などは、国政に参加することができない。

——いつの間に、こんな法律が……。

ロベスピエールは衝撃を受けた。動揺の大きさのあまり、当座はなにも考えられず、ようやく怒りを燃やすことができたのは、すでに法案が可決されたあとだった。

——許せない。

金持ちしか議員になれない。庶民も貧困層になると、議員に立候補することはおろか、意中の候補に投票することさえ許されない。ああ、そうなのだ。向後《こうご》は金持ち中心の世のなかにしたいと、それが新しい選挙法の精神なのだ。

——が、それでは人権宣言が嘘《うそ》になる。

その第一条に「人間は生まれながらにして自由であり、権利において平等である」と謳《うた》われている。にもかかわらず、今回の選挙法に関連して、能動《アクテイフ》市民、受動《パッシフ》市民というような、珍奇な言葉までが生み出されていた。

前者が選挙権を与えられた有産市民の意、後者が選挙権を与えられない無産市民の意である。かかる侮辱的な言葉の生みの親が、かつて「第三身分とは何か。全てである」との名言で皆を勇気づけた、かのシェイエス師だというのだから、もう呆《あき》れかえるしかない。

――ああ、こんな国民を馬鹿にした話もない。

革命が獲得したのは、誰もが生まれながらに等しく持っている人権ではなかったのか。能動市民、受動市民と分けるなら、それは新たな身分制度に他ならないではないか。人権宣言の同じ第一条に「社会差別は、公の利益にかかわるときのみ、やむをえないものとされる」と留保が設けられているが、それも今回の選挙法には適用できない。貧しき者が国政に参加すれば、公の利益を損なうなどという理屈が成り立つはずがない。

でなくとも、第六条には「全ての市民は、法律の観点では皆が平等であることの必然として、その能力に応じて、さらにいえば、その徳性と才能を見分けられる他には一切差別されることなく、同じ条件で、ありとあらゆる公的な位、地位、職に就くことができる」と掲げられている。能力、徳性、才能は峻別《しゅんべつ》されうるとしても、富という物差を人間にあてることは、許されていないのだ。

「いや、いや、そんな大騒ぎするほどの話ではないでしょう」

そうやって、やんわり反論を退けながら、もちろん様々な試算は行われていた。国民の七人に一人しか投票できないという論者がいるかたわらで、八割以上の国民が選挙に参加できるはずだという論者もいた。実質的には普通選挙と変わらないとも唱えられたが、その最も楽観的な試算さえ、ロベスピエールは支持する気にはなれなかったのだ。

極論をいえば、金持ちなら選挙権などないならないで、自力で頑張ることができる。

本当に選挙権を必要としているのは、むしろ財産制限で切り捨てられる貧民のほうなのだ。

いうまでもなく、こんな選挙法で選ばれた議員では、持てる者を優遇する法律しか作れない。持たざる者を救済する法律など、端《はな》から考えられもしない。有体な言葉にすれば、それは金持ちの、金持ちによる、金持ちのための政治だ。

――ぜんたい誰のための革命だったんだ。

それでは革命にならない、とロベスピエールは憤慨していた。革命という言葉の原義は「回転」であり、ぐるりと大きく回さないなら、それは革命ではないのだ。

これまでのアンシャン・レジームは、全国三部会にみるように聖職者、貴族、平民という縦の序列で構築されていた。権利といえば特権のことであり、それは上の二身分にしか与えられていなかった。かかる社会は不条理であるとするのが、一連の啓蒙《けいもう》思想であり、わけてもルソーだ。開眼させられ、ついに革命を起こしたならば、旧来の縦社会を百八十度回転させなければならないのだ。人権という新しい権利を皆に等しく与えながら、聖職者も、貴族も、平民も、全て横並びという社会を築かなければならないのだ。

――なのに、今度の選挙法が意味するものは……。

金持ちが新たな貴族になっただけだ。縦社会は変わることなく、ただ上に君臨していた人間を排除して、それまで下に留め置かれていた人間の一部が、かわりに上に這《は》いあがったと、それだけの話でしかない。

——横社会を臭《にお》わせておきながら……。

卑劣だ、とロベスピエールは思う。しかし、その卑劣なブルジョワたちが強いのだ。議会で多数派をなしながら、自分たちの意思を労せず社会に実現するのだ。

話をミラボーに戻すなら、その野心を葬りさった主体も、この正義なき多数派だった。シャンピオン・ドゥ・シセら閣僚筋が策謀を巡らそうと、ランジュイネをはじめとする熱血漢が義憤を声高に叫ぼうと、これに多数派が賛同の意を示さなければ、議決にはなりえないからである。

穏健なブルジョワ議員の面々までが、ミラボーの入閣阻止に流れたとするならば、恐らくは金持ちの、金持ちによる、金持ちのための政治を実現するには邪魔だと、そうみなしたからだった。なるほど、ミラボーほどの敏腕家に政局を握られては、せっかく手中にしかけている自分たちの天下を、またぞろ脅かされかねない。ああ、権力は他の誰にも分け与えたくはない。

——が、そんな勝手が許されるか。

ミラボーも憤怒《ふんぬ》に駆られて、そう吐き出したのかもしれなかった。想像してみるほどに、ロベスピエールの頭のなかも、すっきり整理されてきた。

実際のところ、新しい選挙法の成立と雄弁家の思わぬ挫折《ざせつ》は、ひとつ硬貨の裏表のようなものだった。戦う場所が違うだけで、戦うべき相手は全く同じだったのだ。

——ならば、ミラボーの戦いも尊重しよう。

王の大権を守らなければ、国政は立ち行かない。かかるミラボーの主張を、これまでロベスピエールは十全に理解できないできた。が、今にして思うに、それは金持ちブルジョワの横暴を掣肘《せいちゅう》するためだった。いわば国家の安全弁を作るものなら、必ずしも否定はできない。ああ、ミラボーは否定しない。その戦いも尊重しよう。

——が、それは私の戦いではない。

とも、ロベスピエールは自覚を深めつつあった。ああ、有産の能動市民、無産の受動市民と、そんな風に国民を分けることなく、皆に人間としての権利が約束されるべきだと、この考えは絶対に正しい。のみならず、これこそ革命の本道である。

——私は私で、その道を邁進しよう。

そう心に呻《うめ》いてから、ロベスピエールは今いちど背後のジャコバン僧院を振り返った。正義は信じるだけでは駄目だ。それを実現するために、男は行動しなければならない。それはミラボーに教えられた教訓のひとつだった。といって、そっくりミラボー流を踏襲する気はなかったし、仮に踏襲しようとしても、下手《へた》な物真似《ものまね》にさえならないだろう。

——私には私の道があり、あるからには私なりの方法もあるはずなのだ。

ロベスピエールは自分をみつめなおしていた。私には雄弁の才はない。大衆を魅了する文章力も、大きな人脈を張り巡らせる社交性も、裏工作を逞《たくま》しくする行動力も、ここ一発の勝負をかけられる度胸もない。ああ、ミラボーのような政治力は私には持ちえない。

――そのかわりに純粋な熱意がある。

それは必ず伝わるはずだ、ともロベスピエールは信じる気になっていた。ああ、何度も何度も議論すれば、必ずや理解される。粘り強く説くならば、きっと多くの有志に支持されるようになる。それが証拠に、ジャコバン・クラブに同志が増えつつあるではないか。時間を忘れて、己《おの》が政見を、己が信念を、己が思想を語り合い、そうして互いに切磋琢磨《せっさたくま》していくことで、百年の友とも信じられるようになった仲間が、少しずつながら確実に増えているではないか。

――だから、私はジャコバン・クラブを牙城《がじょう》に、じっくりじっくり力を蓄えていく。

悲鳴のような嫌な音を立てながら、ロベスピエールは金属の扉を押し開けた。サン・トノレ通りには、ノアイユ子爵邸が大きな影をなしていた。サン・ロック教会の角に出るまでは、その暗がりから抜けられない。

――少し時間はかかるかな。

歩き出しながら、ロベスピエールは苦笑を強いられないでもなかった。我ながら、不器用な方法だ。ジャコバン・クラブの議論で政見を練り上げても、それが即座に通用するわけではないからだ。議会にかければ、あっさり撥《は》ね返されるのが落ちなのだ。

——それでも私は、あきらめない。

たびごとジャコバン・クラブに持ち帰り、再びの議論を費やして、また議会の審議を問う。いや、相手は議員だけではない。会費さえ払えば、ジャコバン・クラブには作家でも、ジャーナリストでも、商人でも、職人でも、文字通りに誰でも入ることができるのだ。ああ、それならば、地道に世論を作り上げよう。じっくりじっくり時間をかけて、あまねく人民を巻きこんでいけばよいのだ。

——これからは議会とジャコバン僧院との往復になりそうだな。

ものの一分とかからずに、サン・ロック教会の角まで行くと、その四辻《よつつじ》をロベスピエールは右に折れた。進んだサン・ヴァンサン通りの行手には、鉄柵《てつさく》の門がみえていた。押し開けると、もうひとつ右手に鉄柵の門があり、これまた開けて進んだ先は、なにもない、ただ砂を敷き詰めてあるだけの細長い空間になるはずだった。

テュイルリ宮殿の調馬場《マネージュ》である。砂場の西奥が行き止まりで、これまた細長い建物が、管に栓をするような格好になっている。

その調馬場付属大広間こそ、新たな議場だった。ヴェルサイユからパリに移動した議会が、大司教宮殿での仮住まいを経て、ようやく腰を据えることになったのは十一月九日の話である。

サン・トノレ通りのジャコバン僧院からは徒歩五分とかからない、まさに目と鼻の先である。が、この短い距離が容易ならざる道のりなのだ。

覚悟の言葉を呟《つぶや》きながらも、てくてくと軽快な足音を刻み続け、なるほどロベスピエールは清々《すがすが》しい気分だった。ああ、パリは気持ちがよい。ああ、やはり私の青春の都なのだ。

――いや、まだ青春は終わっていない。

志を遂げるまでは終わらない。また金具を軋《きし》ませながら、ロベスピエールは鉄柵の扉を押した。刹那《せつな》に冬の風が吹き抜けて、調馬場の砂が舞った。襲われて、しばし目が眩《くら》んだとしても、それは仕方がないことだった。

9——追われる身

ざっ、ざっ、ざっと軍靴《ぐんか》の足音が聞こえてきた。かっ、こっ、かっと地面を軽やかに叩《たた》いているのは、こちらは馬の蹄《ひづめ》だろう。窓枠から少しだけ顔を出し、外の様子を今度は目で確かめると、国民衛兵隊が三個中隊に、軽騎兵隊が二個中隊というところだった。

「またかよ、もう」

壁の陰に隠れなおして、カミーユ・デムーランは呻《うめ》いた。

年が明けて、一七九〇年一月二十二日になっていた。武力にものをいわせようとする国王政府との戦いは、一七八九年、七月のバスティーユ、十月のヴェルサイユと続いた民衆の勝利をもって、もう幕を引いたはずだった。にもかかわらず、また軍隊が現れるのだ。しかも今度は革命の立役者、ラ・ファイエット将軍の軍勢だというのだ。

ドーフィーヌ通りを進んできた兵団は、サン・ジェルマン大通りの四辻《よつつじ》で手際よく分かれると、さらに南のフランセ座にいたるまで、通りという通りを封鎖にかかったようだった。

「五百人はいる。やっぱり強行突破は無理だよ、マラ」

慎重に潜めた声ながら、調子は鋭く、デムーランは部屋の奥に告げてやった。この期《ご》に及んで、まだ書き物の最中という、どこか感覚がずれた男もさすがに質《ただ》してきた。

「大砲は」

「ええと、ちょっと待てよ。ああ、ある。がらがら三門ほど引いてきている」

「どこに狙《ねら》いを定めている」

「狙いだって。あれ、砲身を上に向けて……、あれ、あれ、建物より高いところを狙うなんて……」

くく、くく、とマラは笑いを嚙《か》んでいた。くく、馬鹿どもめ。くく、アメリカ帰りの「両世界の英雄」ともあろう男が、私の文章を真に受けたらしい。なにせ私は高名な発明家でもあるわけだからね。ついに気球の飛行実験を成功させた、いつでも空から逃げてやる、なんて書き散らした挑発文を本気にしたというわけさ。やっこさん、いざ屋根から飛び上がられたら、とたんに撃ち落としてやるなんて意気ごんで、砲兵隊まで送り出したのさ。

「冷やかしで、私も屋根に風船をつないでおいたからね。まんざらハッタリともいいがたいなんて、大方がラヴォワジエ先生あたりに教えられて、さすがの将軍も大慌てになったんだろうさ」

話に出たアントワーヌ・ローラン・ドゥ・ラヴォワジエは、憲法制定国民議会の議員である。徴税請負で巨万の富を稼いだ大ブルジョワであると同時に、フランス屈指の化学者でもあり、空気の燃焼実験とかなんとか、よくはわからないが、とにかく画期的な発見を遂げたことでも知られている。

「とは仰《おつしや》いますが、こちらのマラ先生も少しは慌ててくださいよ」

デムーランは皮肉で応じたが、マラのほうは変わらず不敵な笑みだった。慢性の皮膚病が疼《うず》くのか、喉《のど》のあたりを掻《か》くほうが忙しいくらいで、筆記用具を旅行鞄《りよこうかばん》に片づける手はといえば、依然として悠々たるものだった。だって、はん、これくらいの騒ぎで、私が慌てたりするものかね。

「いってみれば、いつもの話だからね」

そう続けられては、デムーランも今度は溜《た》め息だった。今朝《けさ》早くに逮捕状が出され、マラは追われる身になった。が、それは確かに今に始まる話ではなかったのだ。

医者にして、科学者にして、なかんずく毒舌の文筆家というジャン・ポール・マラに、最初の逮捕状が出されたのは、昨年の八月十三日だった。『人民を眠らせんとする作為を暴く』と題した檄文《げきぶん》が、当局の逆鱗《げきりん》に触れたためだが、ようやく十二月に釈放されても懲りることなく、『ネッケル氏を告発する』、『ネッケル経済学の罪』と矢継ぎ早に発表した。名前を出した閣僚はじめ、バイイ市長、ラ・ファイエット将軍と、政界の有力者を辛辣《しんらつ》な言葉遣いを駆使しながら、次から次と槍玉《やりだま》に挙げる内容だった。

あげくが釈放から僅《わず》か一月《ひとつき》での、再度の逮捕命令である。たった一人を逮捕するため、当局が軍隊の出動まで要請したというのも、この挑戦的な論客が、すでにして常習犯だったからなのである。

あるいは堪忍袋の緒が切れたというべきか。

「新しき秩序に反する」

革命の偉業を台無しにする。そうやって、偉いさんたちは、かんかんに怒っていた。

——しかし、どうなのだろう。

デムーランは釈然としなかった。世人が反感を抱《いだ》くならよい。マラの書いたものなど信用ならない、意地の悪い中傷にすぎないと、無視され、また扱《こ》き下ろされるなら、それはそれで仕方がない。が、それを当局が取り締まってよいのか。

気に入らないからという理由で、その口を塞《ふさ》ぐことは許されるのか。それでは、まるでアンシャン・レジームではないか。国王政府のやり口と変わらないではないか。なにより言論の自由は、人権宣言でも約束されていたはずではなかったか。

——つまるところ、それは誰のための革命なのか。

疑問の言葉は際限なく湧《わ》いてきた。が、ゆっくり嚙み砕いている時間はなかった。デムーランは立ち上がった。とにかく、急ごう。

「こっちだ、マラ」

いいながら、デムーランは用意していた梯子《はしご》に手をかけた。のんびり構えるマラを追い立てるようにして、向かった先が普段は滅多に覗《のぞ》くこともないような、通りとは反対側の窓だった。

滅多に覗かないというのは、そこは大都会パリであり、僅か数ピエばかりを置いて、もう隣家の壁が聳《そび》えているからだった。いざ全開にして頭を突き出し、少しだけ目を下げてみると、そこでも窓が全開にされていた。

隣人には、あらかじめ話を通してあった。デムーランは梯子を下ろして、急ぎ隣家の窓に渡した。命を落とすとは思わないものの、上階の高さはあるわけで、落ちれば骨折くらいの怪我《けが》は覚悟しなければならない。

「だから、マラ、足元に気をつけてくれよ」

先にたって中空の梯子を渡りながら、デムーランは背中に続けた。が、マラは変わらず他人事《ひとごと》のような口ぶりだった。やれやれ、まるで軽業師だな。綱渡りのときは旅行鞄じゃなくて、長い棒を持つものじゃないのかね。

「まあ、私も痛い思いは御免だ。今だけは痒《かゆ》いところを掻く手も控えることにするよ」

隣家の窓で無事に梯子を降りられて、なおマラは現実味のない軽口だった。これは、

これは、おかみさん、おはようございます。まだ化粧も済んでおられないところ、まことに失礼いたします。

「いや、おかみさんは十分に綺麗であられますよ、すっぴんでも」

「いいから、マラ」

デムーランは背中を押した。勝手口からマラを追い立てた先は、今度は建物と建物に挟まれた薄暗い路地裏だった。

大通りの明るさが覗く先には鉄柵《てつさく》が張られていて、普段は人が往来するような場所ではない。左右の住民が塵《ちり》を捨て、めあてに鼠《ねずみ》が駆け寄るだけだ。

悪臭もひどい。夏ほどではないとはいえ、やはり臭い。鼻を摘《つま》み加減で待っていた三人が、三人ともに裾《すそ》の長い僧服だった。その実は、マラの才知に傾倒して、常日頃から出入りしている、カルチェ・ラタンの学生たちである。

「変装をお願いします」

駆け寄るや、ひとりが手渡そうとしたのが、やはり裾長の僧服だった。ええ、議会による教会改革に絶望して、いよいよ故郷に帰ろうという修道士の線でいきます。頭巾《ずきん》もついていますから、これなら大通りに出ても、マラ氏とばれることはないでしょう。

「今のパリには都落ちの僧侶《そうりょ》が、ごまんといるわけですしね」

「心憎いばかりの演出だな。その実は私も政治亡命なわけだからね」

そうした言葉に胸を突かれて、デムーランは確かめた。マラ、政治亡命というのは。

「ロンドンに逃れるつもりだ」

「イギリスだなんて……」

「私とて馬鹿じゃない。ああ、カミーユ、わかっているさ。さすがに今回は拙《まず》い」

なに、ロンドンなら私には古巣さ。長く留学していたから、土地勘もある。ああ、なにも心配することはない。そうマラに続けられると、先を焦るばかりだったデムーランも、しんみりせざるをえなくなった。というのも、なんという不条理だろうか。これほどの人物がイギリスで無聊《ぶりょう》をかこつべきではない。大変な時期を迎えている今こそ、フランスにいなければならない。それが亡命だなんて……。反動的な貴族どもと同じように……。

「あなたの部屋は留守中も、そのままにしておくよ」

そうした言葉を最後に、デムーランは懇意の論客を学生たちに託した。鉄柵を外して、大通りに出た後も、連中を見咎《みとが》めて兵隊が駆けつけるような様子はなかった。

10――新しき秩序

デムーランは急ぎフランセ座の界隈《かいわい》に戻った。

ちらちらと雪が舞い始めていた。その汚れのない白さは、鼠色《ねずみいろ》の界隈を洗い清めるようでもあった。

兵団は変わらず通りを埋めていた。とはいえ、もう我物顔で走り回るわけではなかった。

皆が武器を持ちながら、その銃口も空に向けられたままだった。気球を打ち落とそうと、狙《ねら》いをつけているわけではない。できれば下げて、前に向けなおしたいところ、図らずも気圧《けお》されることになって、容易に果たせないという感じだった。

戻ってみれば、ガヤガヤと話し声で、なんだか喧《かまびす》しくなってもいた。大勢の人が出ていた。マラの逮捕を他人事《ひとごと》にすることなく、界隈の住民が総出で通りに飛び出したのだ。

なかんずく、ひとりの男が丸太のような足を踏ん張り、軍隊の進入など断じて許さないという構えだった。

背後から窺《うかが》って、なお憤怒《ふんぬ》の形相がみえるかの迫力だった。つんつん毛を逆立てている無帽の頭は、すんでに上階の窓に届くほど高い。両手を大きく広げられれば、左右の指先が左右の建物の壁に触るかとも思わせる。それは稀《まれ》にみるくらいの巨漢だった。

「ダントンか」

と、デムーランは呟《つぶや》いた。ジョルジュ・ジャック・ダントンは同業の弁護士で、歳《とし》も近い。マラに同じく普段から懇意にしていれば、正面に回るまでもなくわかる。

ダントンに立ちはだかられては、さすがの兵隊も気後れしてしまうだろう。国民衛兵と立派な名前を掲げながら、その実は昨日今日の訓練を施されたばかりの素人兵なのだ。いや、それが正規軍から駆り出された軽騎兵でも、軽々に手を出す気にはなれないに違いない。といって、引き下がるわけにもいかない。

「どきたまえ、ダントン君」

指揮官らしき男が命令した。命令という割には声が小さく、離れて立つデムーランが、なんとか聞き取れる程度でしかなかった。

無理もない。それは国民衛兵隊の将校で、ということは大ブルジョワである。ブルジョワといえば、昨今では能動《アクティフ》市民しか国民衛兵隊に入れない方針になっていて、指揮官のみならず全員が御上品《おじょうひん》な金持ちなのである。

我らこそ新しい時代の主役、我らこそ世のなかを動かす主体と、鼻息荒い面々でもあるわけだが、その自負も肉体を駆使する荒仕事となると、いくらか勝手が違ってくる。

指揮官は続けた。ダントン君、君も良識ある法曹の端くれだろう。言葉が通じない無学の輩《やから》ではないだろう。

「我々とて実力行使に及びたくはないのだ」

「はん、行使できるほどの実力があるんなら、やってみろってんだ」

特段の意図もなかったろうが、ダントンの野太い声は、すでにして威嚇《いかく》に聞こえた。上唇には裂けたような傷跡があり、子供のころ牡牛《おうし》に踏まれたという鼻は潰《つぶ》れ、それやこれやの相乗効果で野卑な猪《いのしし》を連想させる面相は、それ自体が脅し文句に等しいのだ。

が、だからこそ、デムーランは息を呑《の》まずにいられなかった。

弱腰でも、兵隊たちは武器をもっている。挑発されれば、いよいよ銃口を下げながら、寒気に白く曇る銃剣ともども、その狙いを巨漢に定めるはずである。対するに、こちらのダントンは完全な丸腰なのだ。

——武器不足の折りでなし、銃くらい担いでくれればよかったのに……。

いや、とデムーランは思いなおした。いや、武器を持たない丸腰こそは、ダントン一流の武器なのだというべきか。

「ああ、きさまら、やってみろ。できるもんなら、やってみろ」

ダントンは吠《ほ》えた。その同じ瞬間に、丸太のような右脚が前に飛び出していた。それも残像になるくらいの速さで、だ。

あっと声を洩《も》らすより先に、もう悲鳴が聞こえてきた。ダントンの鉄の脛《すね》が打ち砕いたのは、最前列の国民衛兵が無防備にさらしていた太腿《ふともも》、その左膝《ひだりひざ》の上あたりだった。

国民衛兵が折れ曲がるようにして崩れる前に、ダントンは別な兵隊めがけて、今度は左の拳《こぶし》を振るった。右脚を出していた分だけ、たっぷり腰の捻《ひね》りが効いて、ぶんと唸《うな》りを上げるくらいの猛烈な一撃になった。

殴られたほうはといえば、その身体《からだ》を地面から一ピエ（約三十二センチ）も浮き上がらせた。それから落下するようにして倒れ、足元の泥を四方に飛び散らせた。

からからと脱げた兜《かぶと》が地面に転げる音が聞こえた。ダントンが一瞬にして始末した二人は、指揮官の左右を固めていた兵隊だった。雪が降りしきる寒さでなくとも、ひとり残されてしまえば、命令の声もいよいよ震えてこざるをえない。

「ダ、ダダ、ダントン君、こ、このような真似《まね》をして……」

「実力を行使するっていったのは、あんたのほうだろうが」

「し、しかし……」

「だから、あんたも、やってみろよ」

「いや、その……」

「ほら、やってみろ」

「…………」

「やれ」

うああ、あああと悲鳴のような叫び声をあげて、指揮官は拳骨《げんこつ》を振るった。ある意味、デムーランは驚いた。やってみろと挑発されたからと、どうして殴りつけるのだろう。なぜ部下に発砲を命じないのだろう。

不可解な行動はダントンの迫力に呑まれた証拠というべきだろうが、それはそれ、やはり大人の男の拳である。それが無防備な相手の顎《あご》を、まともに打ち据えてしまった。

とっさに痛いと呻《うめ》きながら、デムーランは我が事のように顔を顰《しか》めた。が、殴られた当のダントンはといえば、平然としたままだった。声ひとつ洩らすことなく、また身体も微動だにしていない。

——なるほど、ダントンの首は太い。

土台の造りが頑健な男だったが、加うるに自ら努めて鍛えていた。白熱した議論をてっとり早く制するには、引かない相手を張り倒すのが一番なのだと、ダントンは豪語してはばからない男なのだ。

あげくに「フランス式ボクシング」と名づけて、己の肉体とそれを用いる技術を、とことん磨き上げている。イギリス式を向こうに回した命名で、違うところは拳に加えて、足まで使う。衝撃が桁違《けたちが》いになるからには、逆にやられたときの用心で、しっかりと首を鍛えておかなければならない。

「でなかったら、意識が飛ぶぜ」

意識が飛んでは、もう議論もなにもない。沈黙を強いられるのでは、もはやフランス式の名に値しない。それがダントンの理屈なのだ。

――豪傑だな、本当に。

デムーランが苦笑している間に、ダントンのほうはペッと唾《つば》を吐いていた。

さすがに赤味が強いというのは、唇くらいは切れていたからだろう。この恐るべき巨漢とて、怪物ではない。生身の人間であることに変わりはない。が、そのことに気がつけば、もう次の瞬間には殴られた痛みに怒りが倍加する必然性にも、思いあたらないではいられない。

おろおろするばかりの指揮官は、すでに目に涙さえ浮かべていた。だ、だから、我々は、ああ、我々は手荒なことは控えたい。

「ただジャン・ポール・マラを逮捕したいだけだ。ダ、ダダ、ダントン君としては、あの男が逮捕される謂《いわ》れなどないと、御自分の友人を弁護したいのかもしれないが……」

「誰が弁護したいといった」

「えっ」

「俺《おれ》が我慢ならないのは、そんな話じゃない」

「で、では、なにが不服と」

「ここは、どこだ」

「えっ、なに。どことといって、コルドリエ街だが、それが……」

「コルドリエ街、つまりは俺さまの街区《デイストリクト》だ」

と、ダントンは宣言した。ああ、この俺さまはコルドリエ街の治安委員だ。ということは、だ。この界隈じゃあ、俺さまの許可なくしては、誰も勝手な真似はできない。

「そういう決まりだ」

「決まりって……。しかし、我々は王立シャトレ裁判所の逮捕命令に基づいて……」

シャトレ裁判所とは、古くから行われてきたフランス王家の代官業務の一部門のことをいう。両替屋橋《シャンジュばし》がシテ島から右岸に渡る袂《たもと》に聳《そび》える城塞《じょうさい》、いうところのシャトレ塔を根城に、警察から、司法からが行なわれてきたのである。

現下はラ・ファイエット将軍の郎党が要職を占め、事実上その出先機関になっていた。だからこそ、ダントンは派手に唾を吐いて応じるのだ。

「はん、そんなもの、誰が畏《おそ》れ入るってんだ。シャトレなんざ、憲法制定国民議会の行政改革で、すでに廃止が決定されているじゃねえか」

「というが、ダントン君、これはパリ市政庁の要請でもあり……」

「市政庁の要請だと。バイイ市長の命令だと。ならば、なおさら糞《くそ》くらえだ」

ダントンの理屈は一方的だった。いや、これまでの常識からすれば、一方的に聞こえたというべきか。それが今や立派な口上になるというのは、革命が確実に進行していたからだった。

「というのも、隊長さん、ひとつ答えてみてくれよ。パリ市政庁の後ろ盾は、一体なんなんだ。フランス王か、それとも貴族か」

「といわれても……」

「違うだろうが。パリ市政庁は今や街区に支えられているんだろうが」

バイイ市長の市政庁は、まだ権威を確立できてはいなかった。

バスティーユ陥落の直後に成立した自治は、もとより革命の産物以外のなにものでもない。であるかぎり、フランス王の権威を笠《かさ》に着た、上からの押しつけは行いえない。新市政の正統性は下からの支持に基づかなければならず、勢い末端の街区で人々が集約する意見を、ないがしろにできなくなる。

「これが新しき秩序だろうが」

国民衛兵隊の指揮官は声もなかった。なお完全に納得できたわけではないのだろう。我々は街区と反目しているわけではない、むしろ大半の街区には支持されているのだと、そうとでも返したげに上下の唇を揉《も》むようにして動かしたが、やはり言葉にはならなかった。これがコルドリエ街の自治の形だと返されては、悔しく口を噤《つぐ》まなければならない結末は同じだと、端《はな》からわかっているのだろう。

その隙《すき》にデムーランは駆けよった。足音に気づいて、ダントンが振りかえると、その目に頷《うなず》きで合図した。ああ、マラは無事に逃げ出した。もう時間稼ぎはしなくていい。

「だから、はっきりさせとこう」

ダントンは国民衛兵に向かって続けた。そんな不服げな顔をされたんじゃあ、俺のほうも気分が悪いや。シャトレ裁判所だの、パリ市政庁だのが、街区の自治を脅かしていいのか悪いのか、ひとつ憲法制定国民議会に問い合わせて、きちんと判断してもらおうや。

「さあ、行くぞ、みんな、テュイルリへ」

ダントンが手ぶりを送ると、コルドリエ街の面々は大きな気勢で呼応した。どけ、どけ、この民主主義の敵どもが。なんだ、なんだ、その鉄砲は。俺たちを撃とうってのか。革命を撃とうってのか。おお、できるもんなら、やってみろ。この赤白青の三色旗ごと、俺たちの心臓を撃ち抜いてみろってんだ。口々に吠えたてる行進に当てられて、もとより弱気な兵団は道を空けるばかりだった。

11――書きもの

デムーランは窓辺に目をやった。連なる屋根の向こう側に、リュクサンブール公園に繁《しげ》る木々が、冬枯れの頭だけを覗《のぞ》かせていた。

――とはいえ、もう綿帽子はかぶっていないか。

三日も雪が続いたので、今朝などは部屋から見下ろすほうのフランセ座の広場が、すっかり白くなっていた。が、それも寒気が弛《ゆる》んだ一日というもの、暖かい雨に打たれ続けて夕刻を迎えれば、もう雪など解けて流れて、あっけなく元の石色に戻っている。変わらず白いままなのは、家々の煙突から上がる湯気ばかりだ。

――また、いつも通りの毎日というわけか。

マラの逃走劇、ダントンの武勇伝から三日、コルドリエ街も怒号を収めて、普段の平静を取り戻していた。胸を撫《な》で下ろしながらに復すれば、休みなく、ひたすらペンを走らせるというのが、デムーランの日常だった。

「さて」

デムーランは書きかけの原稿に目を戻した。書かなければならない出来事は山ほどあった。マラ逮捕のために軍隊が出動したという、一月二十二日に起きた大事件さえ論じる暇もないくらい、まさに話題は山積みといった体《てい》である。

——世のなかの動きは目まぐるしいばかりだ。

革命は恐るべき勢いで、フランスの改造を進めていた。この国の古い形は容赦なく壊され、みるみる新しい形に置きなおされているのだ。

かかる変化が端的に表れたのが、司法行政管区の刷新だった。

前年十一月三日の議会に、憲法委員会の名においてトゥーレ議員がなした提案が始まりだ。

「フランス王国を全部で八十を数える等面積の正方形に分割して県《デパルトマン》となし、それを新しい管区とするべし」

数学的な分割は人口の観点が欠けているとか、いや、さらに歴史学的、地理学的な加味が必要であるとか、様々に意見が出されたが、州《プロヴァンス》や、北部のバイイ管区《バイヤージュ》、南部のセネシャル管区《セネショセ》というような、これまでアンシャン・レジームを構成してきた種々雑多な枠組が綺麗に撤廃されること自体には、ほとんど異論も出なかった。

十一月十一日の議会で、あっさり県の新設が決議されてしまうと、続く十二日の議会では県の下部管区として郡《ディストリクト》が、そのまた下部管区として町《ムニシパリテ》が置かれるべきと提案された。パリは県と同格に扱われたが、その下部管区が街区《ディストリクト》とされるのは同じである。そのまま十二月十四日から二十二日までの集中審議で、あれよという間に新しい王国の形が定められたのである。

――逆らいようなどはない。

十二月十日の議会では、新たな管区行政が始動するや、旧来の州長官や代官は直ちに失職、その権能を停止させられる旨が定められた。かかる決議に果敢な抗議を試みたのがレンヌ高等法院だったが、その不心得を咎《とが》められたアンシャン・レジームの高官たちは、能動《アクティフ》市民権を剥奪《はくだつ》される憂き目をみた。

これまでは自らの特権として、高等法院を持てる州、三部会を持てる州とあったわけだが、それらも全てが廃止される方向である。貴族だけの特権が廃されて、皆に等しく人権を認めることにしたからには、特定の州ばかりに最高裁判所や代議機関を与えるのでは、これまた平等の原則に反するという理屈である。

「かくて、この一月十五日には、フランス王国に全部で八十三の、全て等しい県が生まれたというわけか」

正直なところ、デムーランは面食らう思いだった。

反対というわけではない。むしろ大歓迎である。これぞ革命の壮挙であると、一種の爽快感《そうかいかん》さえ覚える。が、それは頭で考える分には、なのだ。

　これまで馴《な》れ親しんだものが、ある日を境に名前を一変させてしまう。それは少なからず戸惑いと違和感を覚えさせ、また漠然とした不安を胸に運ぶものだった。なにせ懐かしき生まれ故郷、ギーズの街が含まれる一帯にしたところが、ピカルディ州ギーズ管区から、ただのエーヌ県になってしまったというのだ。

　――じき馴れるとは思うのだが……。

　どうなってしまうのだろうと案ずる気持ちは、自分のなかにも否めなかった。それだけに、なにも恐れず、どんどん改革を進めていく憲法制定国民議会の自信のほどが、デムーランにはときに恐ろしいようにも感じられた。

　――なかんずく、タレイランという御仁《ごじん》は凄《すご》いな。

　聖職代表として議席を占めていたオータン司教は、昨夏の議会で憲法委員に選ばれるや、みるみる頭角を現してきた。その名を一躍にして高めたのが、いうまでもなく、昨秋十月十日に行われた教会財産国有化の提案だった。

　十一月二日に正式に決議されると、七日には教会財産の管理が地方行政府に委《ゆだ》ねられることが、十三日には全土の聖職者に、その動産、不動産が聖職者個人にではなく、聖職禄に帰属する旨を宣言させることが決まり、具体的な手続きも着々と進んでいる。

　全てはフランス王国の財政再建のためなわけだが、それも十二月十七日には、まずは教会財産から四億リーヴル分が譲渡されることになり、続く十九日にはその四億リーヴル分を担保に、アッシニャ債券の発売が始まった。

アッシニャは教会財産を担保とした五分利付の国債で、その主たる中身である土地売却の進展に応じて回収され、また破棄されるものである。これを管理運営するために、特別割引金庫の創設も決議されたが、これが単なる財政の問題では済まなかったのだ。

発売日の十九日は、パリでも大混乱だった。司教たちがアッシニャを購入した不心得者は直ちに破門に処すると、中世の昔話さながらの脅し文句を喚《わめ》き散らし、のみならず、誰がアッシニャを買うかわからない、神聖なカトリック教会の財産が新教徒《プロテスタント》やユダヤ教徒の食い物にされかねないと、まるで宗教戦争でも始まるかの警告まで発したのだ。

それも虚《むな》しいばかりだというのは、憲法制定国民議会は教会財産のみならず、そのまの勢いで教会そのものにも手をつけ始めていたからだった。聖職者の新規叙品《じょひん》が停止され、聖職禄収入が没収され、かわりに国家による俸給制度が整えられ、また修道院についてては、その解体をも含めた改革案が公然と議論されているのだ。

かたわらで、宗教の自由も論じられ始めていた。信仰は信仰、政治は政治で別なのだから、新教徒やユダヤ教徒、あるいは放浪民族の役者というような非カトリック教徒にも市民権を認めよう、選挙権と雇用の平等を図ろうという動きもある。

カトリックこそフランスの本流と信じて疑わず、現在なお「国教」たるべき宣言の採択を議会に求め続けている聖職者たちにすれば、今や古代ローマ帝国の迫害にも匹敵する、キリスト教徒の一大受難ということになる。怒り心頭に発しながら、かのオータン司教には悪魔とか、アンチ・キリストとか、あるいは裏切り者ユダであるとか、ありとあらゆる罵《ののし》りの言葉を投げつけることもしている。

——にもかかわらず、タレイランは平然と改革を進めるのだ。

まったく凄い御仁だなと、デムーランは感嘆と畏怖《いふ》の念を新たにする思いである。が、とりたてて信仰に厚いわけでなく、また聖職者に親類縁者が多いわけでもないので、どこか他人事《ひとごと》という感覚もないではなかった。

キリスト紀元で一七九〇年というからには、このフランスでは悠久の歴史が裏返されるほどの事態が進行しているとも思う。が、カトリック教会の激震は、単に名前が変わるだけとか、線引が改められるだけとかいう管区改革の不安に比べても、遥《はる》かに実感に乏しいものだったのだ。

もとより、それどころではない。デムーランの関心事は別にあった。

「ああ、駄目だ」

舌打ちながらに呻《うめ》くや、デムーランは卓上の紙片に手をかけた。それは五本の指に力をいれかけたときだった。窘《たしな》める声が割りこんできた。ああ、まるめないで、カミーユ。

「いけない文章には線を引いておいてちょうだいっていったでしょう。直しは余白に書いてもらえれば、それをわたしが清書しますから」

窓辺から射しこんでいる冴《さ》えた冬の陽光に、柔らかそうな巻毛が輝いていた。いうまでもない、リュシル・デュプレシだ。

最愛の恋人は、その日も明るい顔をしていた。言葉で乱暴を咎めても、その瞳《ひとみ》に怒りの色などみえなかった。男を窘められることを喜び、あるいは楽しんでいるようでさえあった。

以前から力になりたがる女だったが、それにしても最近のリュシルは頻々と部屋に訪ねてきた。まるで助手か秘書のように傍《そば》の机に陣取りながら、デムーランの執筆を嬉々《きき》として助けるのだ。

それは交際が大目にみられるようになったと、そういう意味でもあった。聞くところによると、なんでも結婚に猛反対し、ただ会うことにすら神経を尖《とが》らせていた父親のデュプレシ氏が、その態度を微妙に変化させているとか。

まだ許してくれたわけではない。が、娘が恋人のことを語るなら、その話には耳を傾けるようになった。依怙地《いこじ》なくらいの強姿勢は明らかに和らいでいると、そう報告するにつけても、リュシルの上機嫌は止まらなくなっていたのである。

——なるほど、父君の態度だって変わるはずだ。

革命はなっていた。恋の行末すらかけたそれは、女たちのヴェルサイユ行進で決定的な地歩を築いた。その達成感もリュシルの表情を明るくしていたわけだが、さておき、王侯貴族が大手を振って歩くようなアンシャン・レジームに、今から時代が逆戻りするとは思われない。

同時にカミーユ・デムーランという無名の弁護士も、今や危険思想を声高に叫ぶだけの暴徒ではない。革命の指導者とは名ばかりで、その実は梲《うだつ》の上がらない、駄目男というわけでもない。

——なるほど、もう僕は新聞の発行者だ。

12――時代の花形

一七八九年十一月二十八日付で、念願の第一号を配布したばかりというデムーランの新聞は、『フランスとブラバンの革命』と題されて、ガルヌリ印刷から発刊されたものだった。

四十八頁《ページ》の新聞で、一部六リーヴル十五スー、今のところは三ヵ月ごとの刊行を予定している。フランスのみならずブラバン、つまりはベルギーの革命とも掲げてあるのは、生まれ故郷ギーズから目と鼻の先、オーストリアの皇帝ヨーゼフ二世の統治に反抗して、独立を模索している低地地方についても無関心ではいられない、向こうの運動も併せて応援したい、あわよくば向こうでも売りたいと考えてのことだった。

内容も第一部フランス、第二部ブラバンとするに加えて、第三部を雑報とし、それほど堅くない話題も取り上げる方針である。卓上にはイギリスの大詩人ミルトンの代表作から、サン・ジュストとかいう無名の新人が取り上げてほしいと送ってきた『オルガン』というような新作まで、書物も何冊か積み上げてあるのだが、これらの書評なども載せたほうが、読者大衆を取りこむためには有利と判断していたのだ。

――ああ、売りたい。

実際のところ、風刺の効いた文章が評価されて、第一号の売れ行きは悪くなかった。少なくとも従前の小冊子で手にしたような、十二ルイとか、三十ルイとか、そんな少額には留《とど》まらない実入りがあった。

もちろん、現下のところは紙代、印刷代、配布代、購読予約の営業経費と、出ていく金のほうが多く、まだまだ借金で遣《や》り繰《く》りしている状態である。が、ゆくゆくは利益も出る。そう楽観しながら、今は第二号の準備に忙しい日々なのである。

原稿を急ぎながら夢みるに、発行五万部を誇る大新聞、『パリの革命』には届かなくとも、発行五千部くらいは行きたいものだなあと。そうなれば、どこの誰に相対しても、なんの引け目も覚えなくて済むのになあと。

――ああ、できないはずがない。今は新聞の時代なのだ。

またデムーランの表情も暗くはなかった。

パリでは新聞の発刊が相次いでいた。一七八八年には十数紙しかなかったものが、八九年のうちに二百紙を超えてしまうくらいの勢いで増えたのだ。

それも従来の新聞のように、政府の宣伝広報紙だったり、でなくとも淡々と時事だけ伝えるものではなくなっていた。激動の革命を報じながら、出来事の注釈から、閣僚の批判、議員の告発、フランス改善のための提言等々、筆者が自前の意見を様々に論じるような、新しい形の新聞が登場したのだ。

単に物申したい輩《やから》が増えたという話ではない。それは世の需要に応《こた》えたものでもあった。

革命が起きているといわれ、また人権が与えられたといわれても、その意味するところを人民大衆が、必ずしも正しく理解しているわけではない。が、あながち無関心というわけでもなかった。

――もう他人事《ひとごと》ではないからだ。

政治といって、もはや王侯貴族が上のほうで、ごちゃごちゃ揉《も》めている話ではない。これからの政治は人民のものだ。自分たちの手で、国を遣り繰りしていく時代が来たのだ。そうやってフランスを席捲《せっけん》している空前の熱気を察知するにつけても、もっと詳しく知りたいと、大衆の欲求は高まる一方だったのだ。

――だから、新聞が必要とされる。

全国三部会が開幕した昨年五月に、ミラボーの『全国三部会新聞』改め『後援諸氏に宛《あ》てるミラボー伯爵の手紙』改め『プロヴァンス通信』、ブリソの『フランスの愛国者』、ガラとコンドルセの『パリ日報』と早くも発刊が相次いだ。

以後も新刊の波は衰えず、主だったものを挙げるだけで、バレールの『今日の論点』、プリュドム、ルスタロ、トゥールノンの『パリの革命』、ゴルサスの『ヴェルサイユ通信』、ラボー・ドゥ・サン・テティエンヌの『クロニーク・ドゥ・パリ』と、枚挙に暇《いとま》がない。いくらか政見は違いながら、ルイ・ル・グラン学院時代の恩師ヨワイヨー師までが『王の友』を刷り出して、まさに百花繚乱《ひゃっかりょうらん》なのである。

——新聞というのは、まさしく時代の花形だ。

執筆者はパリ中で話題の的だ。もはやパレ・ロワイヤルだけで大物を気取るといった、井のなかの蛙《かわず》ではありえないのだ。混迷の時代を読み解けば、現代の預言者とまで崇《あが》められる。大胆な提言が議会で取り上げられることにでもなれば、それこそ救世主である。そうまで大風呂敷《おおぶろしき》を広げないまでも、もはや議論のための議論ではない。

——新聞を通じて、世論を形作ることができるからだ。

それは議会を動かし、政府を動かす、有形無形の圧力になる。ときには議員だの、閣僚だのの働きさえ凌駕《りょうが》する。バスティーユで、ヴェルサイユで証明されているように、誰よりも強いのは大衆だからだ。それを導ける新聞は、だからこそ時代の花形だというのだ。

末席ながら、その列にカミーユ・デムーランの名前も並んだ。リュシルの父君デュプレシ氏も、おや、というくらいには思ったのだろう。

――まずまず順調というべきかな。

フランスの革命も。僕の人生も。そう微笑《ほほえ》みながら、卓上の紙片に戻ったときだった。デムーランは再びの疑問に捕われた。すなわち、それは誰のための革命なのかと。

リュシルの父君はパリの大ブルジョワである。なるほど機嫌もよくなるはずで、現下の革命は金持ちの、金持ちによる、金持ちのための政治に邁進《まいしん》していた。が、それは自分の理想ではない。自分が書きたいことではない。はっきり答えがあるからこそ、デムーランは問わずにいられないのである。

「真の能動《アクティフ》市民とは誰のことか」

現に卓上の紙片には、そうした煽動的《せんどうてき》な文言が躍っていた。人権宣言によれば皆が平等であるはずの市民に、能動、受動《パッシフ》と等級がつけられる。分ける物差が富であり、納税額に応じて与えられる選挙権の中身が変わり、また場合によっては投票の権利さえ奪われる。決議されたばかりの新選挙法、皆で名づけたところの「マルク銀貨法」は、デムーランにとっても衝撃だった。

のみならず、もう直後には憤激に駆られた。それこそ涙が流れるくらいの怒り方だったのだが、その不正義を告発するための文章は、派手やかな見出しを最後に、続きは煮え切らないものに落ちる。真の能動市民とは誰のことか。実際に行動《アクティフ》する人間のことではないか。例えばバスティーユを攻撃した者たちのこと、例えば田畑で汗を流す者たちのことではないか。宮廷や教会で怠けている者たちなど、どれだけの領地を持っていようと、ただの置物にすぎないのではないか。

――それくらいで書く分には、ブルジョワを名指ししたことにはならない。

貴族や聖職者のことは声高に責めたとしても、地主という意味では変わりないからと、ブルジョワまで悪《あ》しざまに責めるわけではない。しかし……。そうして強いられる沈黙こそ、デムーランが原稿を丸めたくなる理由であり、と同時に結局は丸められずに、清書を請け合うリュシルの手に委《ゆだ》ねてしまう理由でもあった。

――リュシルが、どう読むか。

それは案じていなかった。デムーランが疑わないところ、この女にとっては愛する男の理想こそが全てであり、また絶対の価値なのだ。

――デュプレシ氏が、どう読むか。

それは多少は気になるところだ。教養あるブルジョワが、自らが属する階級に対して、はっきり敵意を示されれば、まず見過ごすとは思えない。仮に仄《ほの》めかしの程度であれ、敏感に察知して気に病むに違いない。が、かたわらでは世馴《よな》れた大人だ。単に理想の問題ならば、所詮《しょせん》は文章のうえでの話だと、ジャーナリストの表現とは差はあれ檄文《げきぶん》に流れざるをえないものだと、鷹揚《おうよう》に構えてくれないともかぎらない。

――といって、それもマラのように、お尋ね者になっては終わりだ。

と、それがデムーランの恐れだった。

マラの悲運を挙げるまでもなく、言論統制は俄《にわ》かに厳しさを増していた。信じがたいことに、あの言論の雄ともいうべきシェイエス師が、報道の自由も行きすぎは抑止するべし、陪審制度を通じて良識の是非を判断するべしと、一月二十日の議会に提案したというのだ。

断じて許せないと、デムーランは再び憤慨した。と同時に、マラの追われる境涯は他人事でないとも肝を冷やした。

官憲が怖いわけではない。が、デュプレシ氏の目は怖かった。どれだけ誠実な愛情を娘に寄せる男であれ、当局に追われるようでは、父親が我が子を嫁がせたい相手とみるわけがないからだ。新進気鋭のジャーナリストとして、どれだけ世評が高くなろうと、お尋ね者という意味では革命前の暴徒に寸分変わりがないのだ。

――ならば、筆の勢いを弛《ゆる》めるか。

保身を第一に考えて、あの面白みのないパンクーク氏の『モニトゥール』を手本にするか。律儀に時事を伝えながら、あたりさわりのない論評を少しだけ加えることで、むしろ姿勢が穏健な新聞として、ブルジョワの読者を獲得することに腐心するか。

デムーランは想像してみた。ああ、悪い話ではない。それなら新聞社の経営も、たちまち軌道に乗るだろう。金持ちが相手なら、定期購読の口も望める。借金が返せるどころか、利益まで出るかもしれない。

政治を論じる立場を微妙にずらしたからといって、もとよりリュシルは気にしない。デュプレシ氏はといえば、仮に上辺は苦笑しても、内心では歓迎してくれること請け合いである。この堅実な男なら大丈夫と、結婚を許してくれる日も近くなる。積年の望みがかなえば、そのときはパリの大ブルジョワの親戚《しんせき》だ。妻と一緒に与えられる持参金で、自らが金持ちになってもいる。

――この僕もブルジョワになるんだ。

得意の筆でブルジョワのための革命を応援して、金持ち中心の政治が確立されれば、僕の幸せも確実だ。いうまでもなく、リュシルが幸せになれる。ああ、そうか、それでいいのだ。

「…………」

そんな風に無邪気に喜ぶことができたなら、どれだけ心が軽くなるだろうか。デムーランは想像を重ねたあげくに、そう溜《た》め息をついて終わるのが常だった。

――できるわけがない。

自らの幸福のために、貧しき多くの人々を犠牲にすることなどできるわけがない。なにより、己の理想を捨てたら、あとは死人と同じになる。いや、もっと悪い。ともにバスティーユで戦い、あげくに命を落としていった仲間たちと比べるほどに、その生は汚らしく、また卑しいばかりだからだ。はっきり自覚があるにもかかわらず、デムーランは苦悶《くもん》に捕われたきりなのだ。

容易に逃れることができないのは、ひるがえって、また別な自問にも襲われてしまうからだった。

――ならば、リュシルをあきらめられるか。

憎むべきブルジョワの娘だからと、一緒にいるだけで不潔な了見に毒されてしまうからと、この愛《いと》しい女と別れることができるのか。そう問えば、こちらの答えも明らかに否だった。

――僕は一体どうすれば……。

そう自問を改めたときだった。ハッとして、デムーランは振りかえった。部屋に響き渡るのは、がんがんと乱暴に扉を叩《たた》く音だった。

13——コルドリエ街

「入るぞ、カミーユ」

現れたのはダントンだった。これは、これは、コルドリエ街区の「首長さん《プレジダン・シエリ》」のお出ましか。冗談口で迎えたとき、デムーランは自分の気持ちが軽くなるのがわかった。ああ、ダントンだ。ああ、この男と同じに僕はコルドリエ街の住人なのだ。

——それは、なにも恐れるもののない聖域の名前だ。

パリ南部、セーヌ左岸は古《いにしえ》よりカルチェ・ラタンの名前で知られた学生街である。なかでもリュクサンブール公園の外縁、ヴォージラール通りに切り取られる寸前の界隈《かいわい》に鎮座しながら、高台から革命の都を見渡している体《てい》なのが、我らがコルドリエ街なのである。

命名の由来はコルドリエ派の僧院が建つからなわけだが、のみならずフランセ座を擁して、パリでは肩肘《かたひじ》張らないコメディの界隈としても知られていた。が、その勇名も一七八九年七月十四日を境に、パリで最も精力的かつ民主的な街区をもって鳴るようになっていたのだ。

全部で六十を数える街区が、今やパリ市政庁を支えているといって、必ずしも両者に齟齬《そご》があるわけではない。それがパリであるからには、ブルジョワが牛耳る街区が大半だからだ。それはコルドリエ街とて例外でなかったが、ただ胸に燃やしている理想が他とは別物だった。

自らがブルジョワであったとしても、ブルジョワだけが得をすればよいとは考えない。そもそも文化の香りと若々しい活気が自慢の界隈であれば、どんな観念にも洗練純化を求めないではいられない。現代の民主政スパルタにして、現代の共和政ローマは、金持ちの御都合主義に基づいた革命など断じて認めようとはしない。ときにシャトレ裁判所やパリ市政庁とも争いながら、民主政治と住民自治の妥協なき実現をめざして、日夜の活動を惜しまないというのが、我らがコルドリエ街なのである。

――勢い、言論も活発になる。

誰もが遠慮なしに喋《しゃべ》る。かかる空気に後押しされて、実のところ新刊新聞の少なからずが、コルドリエ街で発刊されていた。デムーラン自身が発刊を決断したのも、この界隈では夢のように遠い話とは感じられなかったからなのだ。

かかるコルドリエ街の顔役が、マラとダントンだった。マラのほうは毒舌家の面目躍如で、異彩を放つのは専ら言論の分野だったが、こちらのダントンの場合は疲れを知らない強靭《きょうじん》な肉体と、豪放磊落《ごうほうらいらく》な社交性、人情味あふれる俠気《きょうき》も手伝って、実社会での行動派という印象になっていた。

――で、今日も走り回っていたか。

あげくに飛びこんできて、そのダントンが常ないくらいの興奮顔になっていた。土台が潰《つぶ》れたような鼻が、さらに鼻孔を大きく膨らませているので、今日は身体《からだ》つきのみならず、顔つきまでが猪《いのしし》を連想させたくらいだ。

興奮の副作用か、ダントンは機嫌も悪くなかった。かたわらにリュシルの姿をみつけるや、からかい口から始めていた。

「これは、これは、麗しき姫君もおられましたか」

「まあ、ダントンさんたら。そんな、姫君だなんて、アンシャン・レジーム的ですよ」

「いかにもアンシャン・レジーム、男など美しい御婦人にかかっては、卑しい奴隷の身分にすぎませんからなあ」

「そんなこと仰《おっしゃ》るからには、ダントンさんも奥様のことは、さぞ大切になさっておられるんでしょうね」

「こいつは一本とられた」

がはは、がはは、とダントンは笑い方も豪快だった。慎重に沈黙を守りながら、デムーランとしては苦笑を禁じることができなかった。

弁護士とはいえ、ダントンは本業そっちのけで街区活動、政治活動の日々である。でなければ、仲間を集めた暴飲暴食の大宴会だ。その食い扶持《ぶち》はといえば、もう少しセーヌ河に近いところでカフェを営む、新造《しんぞ》の実家に頼りきりになっていた。

カフェの経営者といえば、一応のブルジョワであり、立派な能動《アクティフ》市民である。かかる有産層に生活の面倒をみてもらいながら、金持ちの横暴を許すな、貧民の権利を守れ、市民に能動も受動《パッシフ》もあるかと吠《ほ》えているわけで、ダントンの身の処し方は矛盾に満ちているともいえた。

が、そんなことは気にしない。小さな声でつけくわえるなら、正式な細君の他にも懇意の女がいないではないようだった。こうまで辻褄《つじつま》が合わないとなると、ダントンの生活信条は矛盾しているというより出鱈目《でたらめ》といったほうが正確であり、まったく別個のものとして、政治信条だけが首尾一貫しているというべきなのかもしれない。

――少なくとも、僕のような悩み方はしないだろうな。

ダントンに比べると、いかにも線が細いように感じられて、デムーランには自分で自分が嫌になるときがあった。うじうじ悩み続ける時間が、無意味なようにも感じられる。ああ、そんな下らない話に、かかずらっている場合じゃないんだ。

「それでダントン、今日はなんだい」

デムーランは上機嫌の理由を探りにかかった。ああ、そうか。もしやマラから連絡が来たのかい。先生、もうロンドンに到着したのかい。

「あれから、まだ三日だぞ、カミーユ」

ダントンは窘《たしな》める顔も笑っていた。イギリスに渡れたわけがない。ましてや連絡が来るわけがない。

「だったら、どうしたっていうんだい」

「用がなくちゃあ、訪ねて悪いか。ああ、そうか。もしや無粋な真似《まね》をしたか。デュプレシ嬢と仲睦《なかむつま》じくしていたところを、俺《おれ》さまときたら邪魔してしまった……」

「ダントンさんたら、昼間から、そんなわけありませんわ」

「ほお、だったら夜は別なのか」

そう返されて、リュシルも調子に乗りすぎたと後悔したらしい。口を噤《つぐ》んで、たちまち赤面する様子を、再びの大声で豪快に笑い飛ばし、それからダントンは真面目《まじめ》な顔を作りなおした。

「実は議会にいってきた」

「議会だって。また、なにかパリ市と揉《も》めたのかい」

「いや、マラの話は片がついたんだ。今日は議事を傍聴してきたんだ」

「とすると、注目するべき発議でもあったとか」

「あった。というより、とんでもない男がいた」

そう断言しながら、ダントンは左の掌《てのひら》に右の拳《こぶし》を打ちこんで、ばちんと大きな音を鳴らした。あの野郎ときたら、まったく、とんでもねえ。

「あの議員、確か名前をロベスピエールとかいったな」

「ロベスピエールさんですって」

旧知の名前に反応して、リュシルが声を上げた。先刻の気まずさから抜け出せる好機とみたか、矢継ぎ早の言葉が続いた。ロベスピエールさんて、アルトワ選出議員のマクシミリヤン・ドゥ・ロベスピエールさんのことかしら。あの小柄で、神経質そうで、なんというか、身嗜《みだしな》みにも潔癖そうな風がある……。

「そうだ。知り合いなのか、デュプレシ嬢は」

「というか、カミーユの友達なのよ」

「本当なのか」

そうダントンに質《ただ》されたとき、デムーランは喧嘩《けんか》でも売られたような気分だった。事実、いきなり肉薄してきた巨漢に、がばと組みつかれてしまった。会わせろ、カミーユ。この俺をロベスピエールに会わせてくれ。

「な、なんだよ、急に」

「だから、俺をロベスピエールに会わせろ。あの野郎には、いっておきたいことがある」

14――落胆

ロベスピエールとは両替屋橋《シャンジュばし》の袂《たもと》で待ち合わせた。そのままシテ島を南に横切り、サン・ミシェル橋でセーヌ河を左岸に渡ると、あちらこちらに辻説法《つじせっぽう》の声が響いていた。

ダントンのように、民主的な自治を守れと吠《ほ》えるのではない。といって、マラのように冷笑しながら、ネッケル、バイイ、ラ・ファイエットというような大立者を扱《こ》き下ろすわけでもない。文字通りの説法で、声を張り上げていたのは聖職者だった。

その話の内容はといえば、聖域を穢《けが》すなだとか、神罰を恐れよだとか、なんだか中世の昔話を聞かされるようだったが、それまた当今では政治向きの話ということになる。

約束を取りつけるため、デムーランが自分で議会を訪ねてみると、ロベスピエールのほうは議事が休みの日曜がよいということだった。

日曜といえば、パリのいたるところに鐘楼を生やしている聖堂で、信徒を集めた聖餐《せいさん》式《しき》が行われる日である。にもかかわらず、パリ市民は参列に熱心でなくなっていた。誰が布施などするものかというわけで、タレイラン司教が主導する教会改革が各種新聞を通じて報じられるにつれて、聖職者に対する反感が俄《にわ》かに高まっていたのだ。

「けれど、それとこれとは話が違います」

僧侶《そうりょ》たちは目の色を変えながらの呼びかけだった。いや、百歩ゆずって、教会の財産が国有化されてしまうことにも、それを元手にアッシニャ債券が売り出されることにも、また修道院の荘園が払い下げられることにも、異を唱えないといたしましょう。ええ、国策は国策として、どうでも受け入れがたいというわけではないのです。

「けれど、神の教えは別だ。国策のせいで信仰が廃《すた》れてしまうことだけは、断じて容認できません」

聖職者たちの必死の訴えも、どうせ同情を買いたいだけだろうと、大方が冷ややかにみられていた。

「なにが信仰が廃れるだ。なにが神の教えだ。亭主が留守の女房のところにばかり、せっせと通い詰めておいて、あんたらは全体なにを垂れていたものだか」

「はん、信仰が廃れてしまったとすれば、あんたらが慈善の心を忘れて、パンのひとつも施してくれなかったからじゃないか」

そんな調子でパリは態度を硬化させるばかりだったのだが、それでも田舎《いなか》のほうでは聞く耳を持たれて、一定の支持を獲得しているらしかった。

「実際、どうなんだい、マクシム」

サン・ジャック大通りの坂道を歩きながら、デムーランは始めた。議会じゃあ問答無用に教会改革を進めているけど、それも実行に移すとなると、意外に難航しそうじゃないか。

「そうなんだ。富を独占してきた高位聖職者の反対は予想できた。けれど、下級聖職者までが、少なからず反感を隠さないというのは、正直驚きだったな」

ロベスピエールにいわれてみれば、パリの辻説法《しきようじよう》は教区の僧侶や僧院の修道士ばかりだった。豪華な司教冠だの、宝石で飾られた司教杖だのは、確かにみられない。

なるほど、おかしい。なんとなれば、教会財産を没収されて困るのは、司教だの、修道院長だののほうではないか。元々が貧しかった末端の聖職者には、ほとんど関係ない話ではないか。

「私がみるところ、怪訝《けげん》な顔をしていると、ロベスピエールは言葉を足した。どうも自尊心を傷つけられたということらしい」

「自尊心というのは」

「聖界、俗界と並べるなら、聖職者には聖界のほうが上だという意識があるわけさ。それが議会の改革案では、国家の管理下に、つまりは俗界の下に置かれたわけだからね。連中の論法では、神が上、人が下という序列が、人が上、神が下という序列に、ひっくりかえされたという話にもなる」

そもそもカトリック教会というものは、実態は別として少なくとも形としては、フランスという国家に従属していなかったわけだからね。ローマ教皇庁を頂点とする、超国家的な組織の一部だったわけだからね。淡々と続けるロベスピエールは、なんだか、らしくない気がした。投げ遣《や》りに結ばれては、ぎこちない違和感はいっそうのことである。

「まあ、でも、そのうち納得してくれるだろう。政府が下級聖職者に支払う俸給は、これまで教会が払ってきた俸給よりも、いくらか高額になる見通しだからね」

そういう話ではないだろう、とデムーランは思った。が、さらに追及する気にもなれなかった。もはや明らかに様子がおかしかったからだ。

なんだか気が抜けたようだった。覇気がなくなったようでもある。遅れて気づいたところ、まっすぐ相手の目をみて話す自信満々の優等生が、このときばかりは俯《うつむ》きがちになってもいた。いずれにせよ、マクシミリヤン・ドゥ・ロベスピエールともあろう男が、全体どうしたというんだ。

デムーランは話題を変えることにした。それも、なるだけ無難な話がいい。

「ところで、マクシム、右岸に下宿を決めたというけど、どのあたりだい」

「マレさ」

「へえ、上品な界隈《かいわい》だな」

「そうでもない。少し行けば、サン・タントワーヌ街だしね。その奥には城外地区《フォーブール》の界い」

「パリジャンも、バスティーユに詰め寄せた気の荒い面々が住まう街区《ディストリクト》というわけか」

「ああ、バスティーユか。なんだか懐かしいなあ。あの頃はパリも熱気に満ちていたなあ」

「ちょ、ちょっと待ってくれよ、マクシム。懐かしいって、あの七月十四日から、まだ半年しかたっていないんだよ」

「そうか。半年しかたってないか。ずいぶん昔のような気がするがなあ」

「年寄りみたいなこと、いわないでくれよ」

「…………」

「なんだよ、どうしたんだよ」

「最近うまくいってなくてな」

そう弱々しく零《こぼ》した直後に、すぐさま顔を上げたところは、さすがに勝気な優等生だった。いや、弱音を吐くつもりはないんだ。あきらめるつもりもない。ああ、簡単に成功するなんて、端《はな》から甘い考えはもっていない。どれだけ挫《くじ》かれても、そのたび立ち上がってやると心も決めている。カミーユ、それでも、なんだ。

「さすがに落ちこんだ。あれは乾坤一擲《けんこんいってき》の演説だったからね」

「一月二十五日の議会の話か」

ロベスピエールは頷《うなず》いた。その日の発議については、デムーランも聞いていた。全国一律の新しい税法に関する投票を予定していた議場に、らしいといえばらしい強引な割りこみで、かつての秀才は藪《やぶ》から棒の発言を求めたのだ。

曰《いわ》く、自分の故郷アルトワでは、税といえば間接税である。個人に対する直接税はなく、あるのは不動産に対する課税だけだが、そのほとんどは修道院の所有に帰している。ということは、アルトワでは選挙人になれる層も、議員に立候補できる層も、非常に限られている。直接税を基準にした選挙権、被選挙権は事実上意味をなさない。だからこそ、急ぎ議会に提案したい。

「なにがしかの納税をなした者には、額の多寡《たか》に関係なく選挙権が認められるべきではないでしょうか。少なくとも王国全土に均一の新税が施行されるまでの間は、別して認められるべきです」

税法の議論に関連させながら、そう発議した意図は誰の目にも明らかだった。納税額の多寡が関係なくなるならば、自動的に能動《アクティフ》市民と受動《パッシフ》市民の区別もなくなる。要するにロベスピエールは「マルク銀貨法」を向こうに回して、挑戦状を叩《たた》きつけたのである。

「なるほど、乾坤一擲の演説だ」

本人としては、議員生命をかけるくらいの勢いだったのだろう。が、いざ勝負と身構えたロベスピエールの意気ごみは、見事な空振りに終わっていた。

議場は静かなままだった。今さら、なにを蒸し返すんだ。すでに決まった法律だぞ。とんちんかんな発議は控えてほしい。議論を尽くすべき懸案は、まだまだ山積しているのだ。そういわんばかりの沈黙に迎えられて、反論さえ出なかったという。

あとは議長タルジェの機転に片づけられたのみだった。

「憲法制定の作業にあわせて、継続審議といたしましょう。さて、次の論者は……」

当然といえば当然の顚末《てんまつ》だった。いきなり議場に投げつけて、なんらか議会が動くか、誰か議員が騒ぐとか、そう信じられたとすれば、マクシムの感覚のほうがおかしい。そうまで思うデムーランの内心を察したか、ロベスピエールは続けた。

「無視されてしまうことは、私も予想していないではなかったよ」

私なんか議会では若輩の部類だからね。発言力なんかない。見栄えもしないし、演説の才に恵まれているわけでもない。それでも、だ。そうやって向きなおられると、ロベスピエールの目が充血していることがわかった。

「事前にジャコバン・クラブで相応の議論を重ねたつもりだったんだ」

弱音でないと断られても、明らかに泣き言だった。ああ、そうさ。一定の共感は得られたと、確信できたんだ。もちろん、ジャコバン・クラブでも反対意見はないではなかった。けれど、時間が許すかぎりの議論を尽くして、最後には賛同してもらえたんだ。場所を議会に移しても、議員会員の何人かには、賛成意見を表明してもらえるはずだったんだ。

旧友に続けられるほど、デムーランは複雑な心境だった。

一方では当たり前の話だ、理想家肌の秀才がそのまま通用してしまうほど、世のなかは甘くないのだと、突き放す気分がある。聞くところによれば、ジャコバン・クラブはブルジョワ主体の組織だった。弁護士出身のロベスピエール自身が、マレ界隈に下宿するような小ブルジョワではあるわけで、ということは、貴族や名士ばかりが集まるサロンではないとしても、やや「お高い」クラブであるとはみなされる。入会金十二リーヴル、年会費二十四リーヴルにしても、庶民には気軽に払える金額ではない。

――そんなところに無産市民の利害を持ちこんで……。

心からの共感など得られるわけがない。仮に理想としては受け入れられたとしても、誰も彼もが無私の気概で理想を実現しようなどと考えるわけがない。いや、ロベスピエールとしては熱心な議論に過大な期待を寄せながら、それを通じて他人を変えられると信じていたのかもしれないが、それまたデムーランには疑問だった。

――むしろ、虚《むな》しい。

ブルジョワに立ち向かうには、どうにも虚しい。なんとなれば、それはそれと割り切りながらも、上辺だけで賛意の言葉を吐いておくのが、上品な振る舞いというものであり、無駄な争いを好まない紳士というものなのである。

――マクシムは甘い。

もう青臭い学校にいるのではない。見返すような快感まで交えながら、そう鼻で笑う気分がある半面で、デムーランは一徹な旧友が羨《うらや》ましいようにも感じられた。ああ、生き方が上手だからといって、なに褒められることはない。ブルジョワに巧みに取り入ることができたとしても、なに愉快なことはない。むしろ心に屈託が満ちるだけだ。無様なロベスピエールこそ、かえって羨ましくなるだけだ。

――なんとなれば、嘘《うそ》がない。

己が信じる言葉のままを叫びながら、それゆえにロベスピエールの心には支《つか》えというものがない。他人に挫かれる痛みは免れないとしても、自らを恥じねばならない苦さはない。そのことを認めれば、デムーランの自問は切先を鋭くするばかりだった。

――もしや僕は痛みから逃げているのか。

リュシルをあきらめることはできない。この女を不幸にするわけにはいかない。そんな言い訳を設けることで、自分が否定されてしまいかねない危険を、遠巻きにしているだけではないのか。その理想を、正義を、信念を、正面から世のなかに問うだけの、男らしい勇気がないだけではないのか。

15——紹介

また雪が降り出していた。ふと辺りを見回せば、ルイ・ル・グラン学院の界隈《かいわい》だった。

「こんなところで口説いていても始まらないな」

ロベスピエールが話を切り上げていた。いや、カミーユ、すまなかった。愚痴を聞かせることになった。昔馴染《むかしなじみ》の気安さで、ついつい甘えが出てしまったのかもしれない。

「いや、すぐに結果が出るとは思っちゃいない。そのかわり、あきらめない粘り強さだけは誰にも負けないつもりだ。不屈の心構えが肝要なんだと、普段から自分に言い聞かせているくらいさ」

「そうだな。ああ、マクシム、なにも落ちこむことはないよ」

「落ちこんでなんかいやしないよ」

「かもしれないけど、さ。今日にしたって、無理することはないよ」

デムーランは話を転じた。取りつけた約束というのは、いうまでもなく、会わせろと凄《すご》んだダントンの求めに応《こた》えたものだった。ああ、確かに先方は待たせてあるよ。

「けど、気が進まないなら、日を改めてもかまわない。そこは僕のほうから、うまく伝えておくからさ」

「ありがとう、カミーユ。だが、私なら本当に構わないんだ」

「けど、これから向かおうとしているのは、コルドリエ街なんだよ」

「どういう意味だ」

「マレとは勝手が違うというか。サン・トノレ街とも違って、ジャコバン・クラブの会員みたいな紳士ばかりじゃないというか」

ロベスピエールは怪訝《けげん》な顔になった。我ながら歯切れが悪いことは、デムーランも自覚していた。いや、だから、会わせたくないということじゃないよ。ただ、いくらか心配しないでもなくて。ほら、いったん議論が始まると、遠慮がなくなる連中ばかりだからさ。

「なんというか、マクシム、君とは呼吸が合わないんじゃないかと」

「私だって議論となれば、遠慮なんかしない質《たち》さ。相手がネッケルだろうと、ミラボーだろうと、いうべきことはいわなければならないと思っているし、実際そうしてきた」

「そ、そいつは凄いな」

「いや、正直いえば、はじめは私も気後れしたよ。けど、もう馴《な》れた。議会活動を続けるうちに、鍛えられたんだな、きっと」

「うん、うん、そういうことは、あるだろうね」

上辺は話を合わせながら、その内心でデムーランは呻《うめ》いていた。どこか神経が鈍いというか、ひとを怖がることがないというか、やっぱりマクシムは秀才なんだよなあ。自分に自信があるんだよなあ。昔から上級生が相手だろうが、それこそ教師が相手だろうが、ずんずん前に出ていって、一歩も引かなかったもんなあ。

——こんな小さな身体《からだ》をして……。

昔を思い出したついでに、デムーランは膝《ひざ》を打った。そうだった。マクシムは体力には、からきし自信がないんだった。

デムーランは続けた。ああ、ああ、君なら大物が相手でも尻込みすることはないだろうさ。けど、これから引き合わせようというのは、大物というわけじゃないんだ。むしろ下品というか、粗野というか。

「議論が荒れれば、喧嘩《けんか》にもなりかねない」

「それでも、実際に殴る蹴《け》るとやるわけじゃないんだろう」

「それが、実際に殴る蹴るなんだ」

「相手も弁護士という話じゃなかったのか」

「弁護士は弁護士なんだが……」

「だったら、私たちの同業じゃないか。話が通じないわけじゃない」

ロベスピエールは、もうこちらをみていなかった。建物を見上げながら、ここかと確かめられれば、デムーランも扉に手を伸ばさないわけにはいかなかった。

もう到着してしまった。アンシェンヌ・コメディ通り一三番地、カフェ・プロコープは確かに待ち合わせの場所だった。

上階がアパルトマンという建物の、下階で営まれているカフェは、一面をガラス張りにしているところも含めて、なんの変哲もない店である。が、プロコープはパリ最古のカフェとして、はたまたモンテスキュー、ヴォルテール、アメリカ人のフランクリンまでが常連の客として通っていたカフェとして、知る人ぞ知る由緒ある店でもあった。

それが今ではコルドリエ街に集う面々の溜《た》まり場だ。

「ああ、みんな揃《そろ》っているな」

その日も馴染の顔が総出で集まっていた。デムーランとしてはそれらしく、まずは紹介の労を取らなければならなかった。

「ああ、こちらがルイ・ル・グラン学院で僕の先輩だった、マクシミリヤン・ドゥ・ロベスピエール、アルトワ管区選出で今は憲法制定国民議会の議員だ。それで……」

こちらがフレロン、隣がルスタロ、それからエベール、ああ、あちらは劇作家のファーブル・デグランティーヌ氏、こちらはモモロ氏、出版印刷を手広くしておられる方だ。

順調に紹介をこなしながら、そこでデムーランは首を傾《かし》げた。

「あれ、ダントンは」

「小便さ」

「小便だって」

「昼間から上機嫌で大酒だったからな」

ルスタロが手ぶりで示したところ、卓上に並んでいたのは、慎ましやかな珈琲碗《コーヒーわん》ではなかった。食糧難の折りであれば、さすがに料理は淋《さび》しいものの、葡萄《ぶどう》だけは豊作という数年来の奇妙のおかげか、硝子瓶《キャラフ》が赤黒い汚れをこびりつかせながら、もう何本も空になっていた。

「ひひ、あんなにデカイ一物《いちもつ》も、意外や貯めるところは小さいってわけだ、くそったれ。ダントンの旦那《だんな》が、あっちの女、こっちの女と忙しいのは、そういうことだ、くそったれ」

始終出して回らないと、苦しくて仕方ないってわけだ、くそったれ。エベールが下品な冗談でまとめた間に、床板が揺れるほどの足音が聞こえてきた。ああ、すっきりした。ん、なんだ、なんだ、みんな静かになりやがって。あれ、もしかして……。

「ああ、そして今もどってきたのが……」

デムーランは紹介にかかろうとした。が、ロベスピエールはといえば、あんぐり口を開けながら、天井の梁《はり》を仰ぐような姿勢だった。見上げていたのは梁ではなく、梁に支えるくらいの巨漢だったわけだが、さすがに面食らわずにはおけなかったようだ。がなるような勢いでダントンに始められれば、狼狽《ろうばい》はなおさらのことである。

「おお、おお、いやがったな、この野郎」

ぶつぶつやりながら、ダントンは突進してきた。無理もないといおうか、ロベスピエールのほうは小さな身体を、針のように硬直させるばかりだった。

ダントンは構うことなく、いきなり相手の手をとった。握手だ。まずは握手してくれ。

「いや、ロベスピエール先生、この俺《おれ》は感動したんです」

「えっ、な、なに、かんどう……」

「先生の議会演説ですよ。ほら、一月二十五日の。いや、ほんと、大反響です」

数秒の沈黙が流れた。その間に出来事を咀嚼《そしゃく》したのだろう。ロベスピエールが一番に試みたのは、強引な握手に奪われた手を取り返すことだった。

「いったい、なんの冗談だ」

「冗談て、それこそ、なんの話です」

「だから、大反響というのは、なんの冗談かと聞いている。一月二十五日に試みた私の発議は、議会に黙殺して捨てられている。それが大反響とは、皮肉にしても辛辣《しんらつ》すぎて、ちょっと褒められたものじゃないな」

「冗談でも、皮肉でもありませんぜ」

ダントンは大きな身体を翻した。酒杯が乱雑に並んでいる卓上から、ひったくるような手つきで取り出してきたのは、消費した飲物のかわりといわんばかりに葡萄酒を連想させる、深紅の表紙の紙挟みだった。開きながら続けたことには、ほら、ロベスピエール先生、新聞各紙がこぞって取り上げているんですと。

「ほら、こいつが『デュケノワ新聞』。んでもって、『ガゼット・ナシオナル』に『メルキュール・ドゥ・フランス』。それに校正刷りですが、これが次号の『今日の論点』に掲載されるはずの記事で、右に同じで『パリの自治』と『ガゼット・ドゥ・パリ』のそれ」

差し出されるたび、ロベスピエールは受けとった。が、それを確かめるでなく、ただ紙束を抱えるまま、呆然《ぼうぜん》と立ち尽くすのみだった。みかねて、ダントンが言葉を重ねた。

いいですか、それじゃあ、俺が読みますよ。

「まずは無視されてなんていません。議会にも無視されたわけじゃない。こいつは『審判』の記事ですが、ええと、『ロベスピエール議員の提案は、ひっそり議場の片隅での話であるとはいえ、一部では持ちきりの話題になっていた。そこでは議決がなされた法案ながら、あきらめずに何度となく取り上げてやろうと、気勢が上げられていた』と、こうです」

「しかし、議場では確かに私は無視されて……」

「そう思いこんだだけの話じゃありませんか。無視されたなんて落ちこんで、ろくろく辺りを見回すこともなかったんじゃあ」

「かもしれないが……」

「少なくとも新聞は無視していません。むしろ味方だ。『フランス通信』は『マルク銀貨法に不平を抱《いだ》く数多《あまた》の人民が、三ヵ月というもの待望していた論議』と高く評価してますし、『国民議会』なんか『ロベスピエール氏は精妙な戦術を擁して、かの悪法に対する攻撃を開始したわけである。いいかえれば、その尽きることない熱意で、あえて時勢に逆らおうという、類稀《たぐいまれ》なる勇気を誇示してみせたのだ』なんて絶賛しています」

「それは本当に……」

「嘘《うそ》いって、どうするんです、ねえ、ロベスピエール先生……」

「その先生は止《や》めてくれ。お互いに弁護士だし、そう歳《とし》だって変わらないんだ。マクシミリヤン、いや、マクシムでいい」

「そうかい。だったら、ええと、マクシム、んでもって、ひとつ俺も書いてみたんだ」

　ダントンは最後の紙片を手渡した。まだ手書きの草稿で、そのうえは世辞にも達筆とはいえなかったが、それでもロベスピエールは丹念に目で追いかけたようだった。ええと、ジョルジュ・ジャック・ダントン著、論考、マルク銀貨分の納税、ならびに一定日数賃金分の納税に基づいて、市民権の行使を分類せんとする議会決議が、どうでも無効とされるべき理由について。

「これは……」

ロベスピエールは顔を上げた。優等生らしからぬ、惚《ほう》けたような表情だった。ダントンは畳みかけた。ああ、マクシム、あんたを応援することに決めたんだ、俺は。それでも信じられないのか、ロベスピエールは、こちらに水を向けてきた。

「カミーユ、このひとは……」

「ああ、そうなんだ。ダントンは議会演説に感動したんだ。あげくに君の議会活動を助けたいと考えているんだ」

そうまで続けてから、デムーランは我ながら言い訳めいた。いや、もちろんダントンだけじゃない。僕だって応援している。ああ、マクシム。君の演説については、僕だって自分の新聞で取り上げるつもりでいたんだよ。

16――復活

一七九〇年二月十三日、憲法制定国民議会は、その日も教会改革の審議だった。わけても修道院改革に関する議論が、十一日から継続していた。その主な論点は、諸修道会は廃止されるべきか、修道院に留《とど》まることを望まない修道士をいかに遇するべきか、修道院に留まることを望む修道士をいかに遇するべきか、の三点だった。

修道士というのは、神父の叙品《じょひん》を授けられ、神の羊飼いとしての役割を兼務する者もいるが、その身分自体を厳密に規定するなら、聖職者ということではなかった。文字通り、神の道を修めることを志しているだけであり、いいかえれば自分が救われたいだけだ。

社会の役には立っていない。にもかかわらず、これまでは広大な荘園を与えられ、その豊かな資産で何不自由なく暮らしてきた。が、今や全ての教会財産は没収され、国有化されてしまったのだ。信徒に対して義務を果たす聖職者なら、かわりに国家が俸給を支払うも、なんら貢献することのない利己主義者となると、それを血税で養うべき謂《いわ》れはないと、それが修道院改革議論の発端だった。

デムーランは傍聴席の一席を占めていた。全国三部会見物と、ヴェルサイユのムニュ・プレジール公会堂にも足を運んだことがあるが、こちらのテュイルリ宮殿調馬場《マネージュ》付属大広間のほうが、議場としては理想的な印象だった。

「造りが劇場型だからだ」

調馬場付属大広間では正面に演壇と議長席、書記席が据えられ、それと対面する形で議席が置かれていた。しかも議席は後列に行くに従い階段状に迫《せ》り上がる造りであり、さらに上階に傍聴席が設けられているのだ。議席からも、傍聴席からも、論者の顔がみえるので、誰もが議事に参加しやすい。

これがムニュ・プレジール公会堂では、中央に置かれた演壇の周囲を、ぐるりと議席が取り囲んでいる格好だった。論者も誰に向かって話せばよいのか迷う体《てい》である。傍聴席は上階だったが、議席は演壇と同じ平面にただ並べられているだけだったので、後列の議員となると、論者の顔はおろか、図らずも向けられた尻さえ拝むことができなかった。

——パリに来て、ようやく議会らしくなったかな。

と、デムーランは思う。急拵《きゅうごしら》えの議場は、イギリスのそれを模倣したともいわれていた。が、たちまち独自の様相を呈すところは、さすがフランスのエスプリは一味違うということか。

論者が交替する審議の合間を縫うようにして、いきなり挙手した議員がいた。聖職者のようだったが、その名前も、素性も、選挙区もわからない。ただ議席の右側だった。

「保守派か」

と、デムーランは見当をつけることができた。

恐らくは意見を同じくするものが、自然と寄り集まるのだろう。王党派とか、教会改革反対派とか、行きすぎた革命には反感を隠さないという立場の議員たちは、皆が議席の右側を占めるようになっていた。ために昨今の新聞業界では、保守派のことを、右とか、右派とか、右翼とか、そんな風に呼び表すようになっている。

「ナンシー司教ラ・ファールと申します」

高位聖職者の素性からしても、やはり右の議員である。ええ、突然の発議で恐縮なのですが、ひとつ議長殿に提案があります。修道院改革の審議を進める前に、投票にかけていただきたい決議があるのです。教会改革を円滑に進めるためにも、憲法制定国民議会の名において、確認していただきたい前提があるわけです。

「すなわち、カトリックこそフランスの国教であるとの宣言を、まずは明確な形で出しておくべきではないでしょうか」

ラ・ファールは述べ立てた。教会だけではない。その財産だけではない。フランスでは今や人々の信仰心までが動揺を来《きた》しているのです。その形や、場所や、給養の原理が刷新されることはあれ、カトリックの教えそのものは不変にして、このフランスの国教であることを確かめておかなければ、教会改革そのものが頓挫《とんざ》しかねないものと思われます。

拍手が起こるのも、やはり議席の右側からだけだった。二月三日からの議長、ビュロー・ドゥ・ピュジイは受けた。

「カトリックが国教であるとの宣言について、審議を行うべきか、行うべきではないか、どなたか意見がある議員は」

手が挙がったのは今度は左側からだった。保守派とは同じ空気を吸うのも嫌だと思うのか、避けるように離れたあげくに、革新派のほうは議席の左側に座るようになっていた。同じく新聞業界では、こちらも左とか、左派、左翼とか呼ばれて、それだけで通じるようになっている。

余談ながら、両極に挟まれた中央が、穏健で無定見ながら多数派をなしている議員たち、いうところの平原派《プレーヌ》、あるいは沼派《マレ》である。

左に話を戻すなら、こちらも中身は一様ではなかった。階段席も上に行くほど革新の思想も高じるようで、挙手が出たのもその最上席からだった。

「ロベスピエール議員」

と、議長ドゥ・ピュジイが指名した。小柄なせいか、特段の意図がなくとも、きびきびしてみえる歩き方で、ロベスピエールは演壇に向かっていった。

「私は反対の立場を表明したいと思います。カトリックは確かに事実上の国教ではありますが、これに法的な地位を与えてしまえば、思想、信条、信仰の自由という人権の大原則を損ないかねないと思うからです」

ロベスピエールの立場からすれば、当然である。驚きもなければ、特筆するべき中身もない。にもかかわらず、その刹那《せつな》に傍聴席が爆発したのだ。

「いいぞ、いいぞ、ロベスピエール大先生」

「いいたいことを、かわりにいってくれる。あんたは俺《おれ》たちの代弁者だ」

「いいにくいこともいってくれる。あんたの勇気に俺たちは惚《ほ》れこんでんだ」

議場の雰囲気が一変したというならば、なにより傍聴席だったかもしれない。ヴェルサイユからパリに来るや、些《いささ》か下品な庶民の指定席と化したからだ。金もない、暇もない、それでも物見高いというパリジャンが、議会が気軽に立ち寄れるテュイルリに来るや、こぞって詰めかけるようになっていたのだ。

これが新たな圧力になる。議会が傍聴席を無視できないというのは、それがバスティーユを陥落させ、また王家をヴェルサイユから連れ出した力、そのものだったからである。

「だから、マクシム、そんな下らない話はいい」

野次を押しのけるような大声は、ダントンだった。俺は約束を果たしにきたぞ。応援するといった言葉を嘘《うそ》にしなかったぞ。ああ、おまえの理想は俺がパリ中に広めてやった。支持者は急速に拡大している。これが、その証拠だ。

「ええ、ダントン氏のいう通りです。我々はフォーブール・サン・タントワーヌ街の代表です」

街区の名において、憲法制定国民議会に求めます。マルク銀貨法を是非にも撤回してほしい。納税額に基づいた選挙権の規定を撤廃してほしい。そうやって、一番にバスティーユに駆けつけた街区が先頭を切れば、あの七月十四日のように、残りのパリも一気に燃え上がってしまう。

ロベスピエール支持、マルク銀貨法反対の声を上げた街区は、全部で二十を数えた。

「ありがとう、みんな」

ロベスピエールは手を振りながら演壇を降りた。議会で打ちのめされた不器用な秀才は、一月《ひとつき》を待たずして復活していた。のみならず、今や民衆の英雄だ。ダントンに出会えたからだ。これは引き合わせた僕の功績でもある。そう誇らしくも思いながら、なぜだかデムーランは舌打ちを禁じえない気分だった。

17——腐れ縁

「というわけで、ロベスピエールという男は、今やジャコバン・クラブの代表《プレジダン》さ」

そう報告して、タレイランは大袈裟《おおげさ》なくらいに驚いてみせた。ああ、まさに仰天人事だね。ヴェルサイユでは、アルトワ選出の無名議員にすぎなかったというからね。

「ほう」

たった一言きりで、こちらのミラボーは気のない返事を終えた。つまらない。興味がない。そう突き放したつもりもあったが、相手は上品顔のわりに無神経きわまりない男なのだ。

掌《てのひら》に温めるコニャックを舐《な》め舐めしながら、案の定でタレイランは簡単には止《や》めなかった。まあ、今のフランスじゃあ、なにが、どう転ぶか読めないね。ロベスピエールにしても、きっかけは顰蹙《ひんしゅく》ものの議会発言だったわけだからね。それがマルク銀貨法に敢然と立ち向かった、勇気ある英雄的行動と好意に解釈されて、今や庶民の熱狂的な支持を獲得しつつあるわけさ。

「一気の台頭を遂げられるというのは、バスティーユを陥落させた大衆こそは、今や議員の後ろ盾であり、政治的圧力だからさ」

ロベスピエールの台頭は嘘《うそ》ではなかった。ブルジョワが多数を占める議会では、まだまだ思うような活動はできていない。が、ジャコバン・クラブのなかでは新進気鋭の若手とみなされるようになった。先だって三月三十一日の役員会議で、代表に選出された運びも事実である。

「いやはや、本当にわからない。ようやく先日のことなんだけれど、私も本人と引き合わせられたんだ。してみると、これが、ほんの若造にすぎなかったんだからね」

「ロベスピエールは若造というほど若くはない」

小柄だから若くみえるだけだ。実年齢はタレイラン、おまえと大して違わないはずだ。ついつい答えてしまってから、ミラボーは失敗だったかなと後悔した。抜け目ない相手に、つけいる隙《すき》を与えることになるからだ。

やはりというか、タレイランは食いついてきた。

「知り合いなのかね、ミラボー」

「少しな」

「どういう男だ」

「だから、そういう男さ」

「野心家ということかね」

「さて、野心家といえるか。ことによると、野心家より始末に悪いかもしれん」

「とにかく、ロベスピエールは意外な大器だと。なるほど、ジャコバン・クラブは今のところ、最大の結社だからね。いやしくも、その代表に選ばれたわけだからね。もちろん実権を握っているのは、名前が出ない他の連中なのだろうけれど……」

「タレイラン、この俺《おれ》から、なにか聞き出したいことがあるのか」

だんだん面倒くさくなって、ミラボーは叩《たた》きつけた。

実をいっても、裏がない話ではなかった。ロベスピエールは確かに有望株とみなされるようにはなった。が、タレイランが驚いているように、常識で考えれば、まだまだジャコバン・クラブの代表になれるほどの大物ではない。それが擁立されたというのは、本人も知らないところでミラボーと三頭派、すなわちデュポール、ラメット、バルナーヴという三人の有力議員との間で、手打ちが成立していたからだった。

進む道が違ってしまった。とはいえ、ロベスピエールには頑張ってもらいたい。いや、ブルジョワの利己主義に挑戦しているという意味では今も同志であり、より有利な立場で戦えるようにしてやりたい。ミラボーが侠気《きょうき》に駆られたことは嘘でなかった。でなければ、ロベスピエールの名前は出さない。が、それだけでもなかったのだ。

ジャコバン・クラブの代表の座を狙《ねら》う男が他にいた。その胡散臭《うさんくさ》い笑顔を体《てい》よく排除しなければならなかった。

——調子に乗るな、ラ・ファイエット。

国民衛兵隊司令官にパリ方面軍司令官を兼ね、あげくにジャコバン・クラブの代表として、議会政治まで牛耳るという運びになれば、ほとんど独裁者である。フランスの難局を救える独裁者なら、あるいは認めるべきだったかもしれないが、ラ・ファイエットの場合は野心と人気ばかりで中身がないというのが、ミラボーと三頭派との共通認識だった。

だから、排除することに決めた。かわりにロベスピエールを立てた。

「いや、なにか聞き出したいわけではないよ」

タレイランが答えていた。ただ、おもしろそうな男もいるものだと、いくらか好奇心に駆られただけさ。

「はん、嘘つきめ」

と、ミラボーは吐き捨てた。タレイランは青春時代を共有する旧友、いや、むしろ腐れ縁で続いている悪友である。人間の質《たち》についても知り尽くしている。ロベスピエールについてなど、かけらの好奇心も抱《いだ》いていないことくらい、一発で看破できる。

——というより、タレイランの奴《やつ》は自分にしか関心を持たないのだ。

他人に関心を持つとすれば、自分にとって有益かどうか、利用価値があるかどうかと、そうした種類の関心でしかない。ならば、ロベスピエールではありえない。

——俺なのだろう、最初から。

ミラボーは露ほども疑っていなかった。ロベスピエールの話を出したのも、そのためだ。あの小男とはミラボーも親しくしていたようだと聞きつけるや、いくらか事実関係を調べたりもしたはずだ。

こちらのミラボーとしては、いっそう苛々《いらいら》が募る話だった。

「だから、なんなのだ、タレイラン」

「だから、なんでもない。ただの好奇心だよ」

ふうと息を抜きながら、ああ、馬鹿らしい、ともミラボーは呟《つぶや》いた。この期《ご》に及んで、白々しい言を弄《ろう》するか。本当に気になる相手なら、タレイラン、おまえは下手《へた》な話題にすることなく、さっさと逢《あ》いに行くはずだ。今宵《こよい》のサロンにしても俺ではなく、ロベスピエールのほうに誘いをかけたはずだ。

ぼそぼそ壁際で話し続ける二人をよそに、賑《にぎ》やかな夜会は続けられていた。あちらで爆笑が起これば、こちらでは楽器が奏でられ、それらしく眉《まゆ》を顰《ひそ》めた面々が、なにやら真剣に論じあう一角もある。

天井のシャンデリアにあって、無駄なくらいに無数の蠟燭《ろうそく》が灯《とも》されるなか、切羽つまるような空気は皆無だった。なるほど、集う人々は腹も満たされていた。

飢饉《ききん》の一歩手前というところまで追い詰められた去年の食糧不足からは立ち直りつつあるものの、まだまだフランスの庶民はひもじい生活を強いられている。が、この屋敷の食卓ときたら、まるで花でも咲いたようではないか。

食材が豊富というだけではない。運ばれる皿という皿に手のこんだ調理が施されていた。宮廷料理さながらの華やかな彩りで、それこそヴェルサイユの宴《うたげ》さえかくやと思わせている。ああ、そうか。

王家がパリに移され、ヴェルサイユが空になるにつれ、大量の失業者が出ていた。なかんずく、世界で最も舌の肥えた人々を喜ばせてきた料理人などは、今から場末の飯屋で定食を作るというわけにもいかず、多くが行き場を失っていた。

――それが、こういう金持ちに雇われて……。

夜会はオズーフとかなんとかいう富豪の主催らしかった。似合いもしない桃色の鬘《かつら》など突き出しながら、あちらこちら覗《のぞ》いて挨拶《あいさつ》に忙しいのが亭主であり、名優タルマの舞台を御覧になられまして、あの『シャルル九世』は傑作ですわと芝居談義に忙しい厚化粧が奥方なのだと思われたが、いずれにせよ、そのブルジョワ夫婦にミラボーは一面識も持たなかった。有益な人間が大勢集まるからとの、タレイランの強引な誘いに屈して、渋々ながら足を運んだのみである。

「まあ、大した好奇心でないことも確かだね」

タレイランが言葉を譲っていた。ああ、ああ、私としてはロベスピエールの話をしなければ、どうでも気が済まないというわけじゃない。

「ただミラボー、君のほうは知りたいかと思ってね」

そう続けられて、ミラボーは噴き出しそうになった。はん、やはり調べたのではないか。白状したも同然ながら、タレイランに悪びれる様子は皆無だった。癪《しゃく》に覚えて、わざとミラボーは惚《とぼ》けた。はん、ロベスピエールのことを？　俺が知りたい？

「どういうわけで」

「さすがのミラボー先生も、世情に疎《うと》くなっているかと思ってね」

「どうして、俺が疎くなる」

「しばらく議会を休んでいたろう」

「ああ」

と、ミラボーは引きとった。ああ、確かに休んでいた。少し体調を崩していてな。

議会を休んでいたことは事実である。病気も本当の話で、今このときも万全とはいいがたい。とはいえ、半面の事実として、こうして酒など舐めているのだ。

体調も無理できないくらいに、悪いわけではなかった。こんな夜会で立ち話に興じているのだから、少なくとも議会に出られないほどではない。

――実は議会どころでなかった。

オーストリア大使からの接触が増えていた。ラ・マルク伯爵が代理になることもあったが、いずれにせよ秘密裡《ひみつり》の会合が増えている。

――フランス王家が、このミラボー伯爵を、いよいよ頼りにするようになった。

ルイ十六世は国王大権の保持に腐心しているようだった。いまだ王こそ執行権の長とされてはいるものの、その権能の何が削られ、何が残され、あるいは何がどのような制約を受けるのか、当然ながら無頓着《むとんちゃく》ではいられないようなのだ。

王家としては最大限に権能を保持したい。が、閣僚は役に立たず、また頼みのラ・ファイエット侯爵にしても、取柄は人あたりの爽《さわ》やかさだけである。大衆の人気を集めるだけに、いかにも誠実そうな顔はしているものの、その実は不用意に信用ならない男でもある。そのくせ政治力が際立つわけでもないのだ。

――かたわら、ミラボー伯爵のほうは放蕩者《ほうとうもの》との悪評はありながら……。

政治力は文句なし、しかも意外に忠義に篤《あつ》い。そう気づいて、いよいよ王は自らの名代と期待を高めているようなのだ。

ミラボーとしては無論、まんざらでなかった。嬉々《きき》として仕事に励み、王使との談合にも熱を入れた。まさに議会どころでない気分だった。

――それをタレイランは責めているのか。

自分のことしか興味がない男が、こちらの欠席を気にするならば、それは欠席されたことで、タレイランに不都合が生じたからである。要するに困っていた、どうして助けてくれなかったのかと、そう責めているのである。

ミラボーは仏頂面で沈黙を続けた。こちらから話を掘り下げてやる義理はない。どうでも相談したいというなら、タレイランのほうから持ちかけるのが筋なのだ。いや、義理だの、筋だのいう以前に、やっこさん、痺《しび》れを切らして始めてしまうだろう。ああ、ミラボー、君のことが羨《うらや》ましいよ。私だって、できれば議会を休みたかったよ。

「けれど、それができない。私は十分の一税委員会の委員だからね」

そろそろ話がみえてきた。憲法制定国民議会では教会改革も、十分の一税に関する審議に進んでいた。収穫の十分の一は神の取り分であるとして、それは教会が長らく信徒から徴収してきた自主財源だった。が、やはりアンシャン・レジーム的であるとして、憲法制定国民議会としては廃止の方向で考えていた。

——それが、うまく運んでいないということか。

ミラボーは首を傾《かし》げた。本当ならば、うまく運ばないような議事ではなかった。十分の一税の廃止そのものは、すでに決定事項だったからだ。昨夏八月四日の夜に始まる興奮状態において、議会は貴族の封建的諸権利と一緒に、教会の自主課税についても、あっさり廃棄を決めていたのだ。

「そのかわりに向後《こうご》は国家が聖職者を給養する」

残る問題は十分の一税の廃止には、なんらかの補償が用意されるのか、向後は国家が聖職者を養うとして、かわりの財源を何税に求めるべきかと、それくらいのものだった。やはり審議が難航する要素はない。なのに、どうして自分で片づけられない。

ふと気づけば、タレイランは硝子《ガラス》の杯に飴色《あめいろ》の酒を回しながら、さっきから立ち続けだった。すらりと優美でさえある立ち姿だが、してみると、右足の物々しい装具が目についてしまった。

かちゃかちゃ音が鳴らないのは、今は踵《かかと》が浮いているからだった。いいかえれば、タレイランは片足で立っている。左足ひとつに全ての体重を預けながら、それで微動だにしない。器用なものだと感心するも、かれこれ一時間も立ち続けているのかと思いなおせば、その様子が健気《けなげ》なようにもみえてくる。

我関せずと決めた非情に、綻《ほころ》びが生じていた。ついつい手を差しのべてしまう。だから、腐れ縁という。こちらから話を掘り下げてやる義理はないとは思いながら、このときもミラボーは確かめてしまった。

「議会で、なにか事件でも起きたのか」

タレイランは頷《うなず》いた。ナンシーの司教で、ラ・ファールという男がいるんだが、これが、もう乱暴きわまりなくてね。

「ほとんど駄々っ子さ」

「なにをやらかした」

タレイランによれば、その事件は今日四月十一日の議会で起きた。

18――乱暴者

最初のうちは議事が淡々と進められた。十分の一税委員シャゼは、代替財源に関する議論の必要を訴えた。受けてグレゴワール師は、司祭禄に付随する不動産を元手に基金を設立してはどうかと提案した。

「そこにナンシー司教ときたら、いきなりの乱入さ。こんな議論には参加できない、十分の一税に関する議会宣言など断じて認めるわけにはいかない、なんて大声を張り上げたわけさ」

タレイランは肩を竦《すく》めた。質《たち》が悪いのは、それが確信犯だったからでね。ナンシー司教が一人でやるなら、変わり者もいるものだで済まされるところ、その大声を合図に他の聖職議員まで、出てくるわ、出てくるわ。

「ざっとみて、百人はいたよ。それが演台を倒す、椅子《いす》を投げる、議長の袖《そで》をつかむ、委員の手から書類を取り上げると、やりたい放題の狼藉《ろうぜき》を始めたわけさ。あんな風に暴れられちゃあ、もう如何《いかん》ともしがたいよ」

「議場の衛視は、なにもしなかったのか」

「しようとすると、坊さんたちは、たちまち得意技に訴えるからね。神を恐れよ、このアンチ・キリストめと一喝されると、どういうわけだか、衛視も手を出しにくいようでね」

「はは、そりゃあ出しにくいだろう。一応は坊さんなわけだからなあ」

「笑い事じゃないよ、ミラボー」

そうタレイランに窘《たしな》められれば、確かに笑い事ではなかった。徒党を組んでの実力行使で、議会運営を妨害される。衛視も手を拱《こまね》いているとなると、強行採決に訴えることもできない。いや、いったん議決した法案でも、やはり受け入れがたいとなれば、何度でも蒸し返して、再審議を要求してくる。ああ、確かに笑える話ではない。

議会では聖職者の抵抗が、いよいよ激しさを増しているようだった。が、突き放して考えれば、ごくごく当たり前の話だともいえる。他の分野の改革が順調なのは、反対する議員がいない、もしくは少ないからである。本当なら抵抗勢力になったであろう貴族議員は、ごっそり亡命してしまったのである。

――聖職者はフランスに留《とど》まっている。

議会にも確固たる地歩を築いている。我らはまだ議会がヴェルサイユにあり、貴族と第三身分が対立していた頃から、革命を支持していたのだと、多数派工作でも第三身分の求めに応《こた》え、であるからには我らこそ革命の立役者なのだと、鼻息が荒いところさえないではない。

――聖職者は厄介だな。

ああでもない、こうでもないと、理屈を捏《こ》ねるのは十八番という、根っからの知的労働者だからである。古《いにしえ》のリシュリュー枢機卿《すうききょう》を挙げるまでもなく、その老獪《ろうかい》な政治力に定評ある連中でもある。これを論破し、あるいは議会工作で退けるとなると、生半可な覚悟では立ち向かえないのである。

もとより、国家と教会をいうならば、それこそ腐れ縁の関係だった。簡単に分かれることもできなければ、一方が他方を従属させる形も取れず、のみか越えないと了解してきた一線を、ほんの少し越えるだけで大騒ぎになる。オータン司教として、自らが聖職者の一員でありながら、そのことをタレイラン、おまえは考えなさすぎたのだ。

「自業自得だな」

と、ミラボーは声に出した。ああ、タレイラン、おまえは昔から、そうだった。

「博打《ばくち》が乱暴にすぎるのだ」

「いきなり、なんの話だね、ミラボー」

「おまえには、これと決めたら様子をみることもなく、一気に大枚を張る癖があるというのだ」

　今回も同じだ、とミラボーはみた。ヴェルサイユでも、最初は大人しかった。アンシャン・レジームを守るか、壊すか、じっくり見定めていたからだ。あげくに守るほうにはツキがないなと、タレイランは壊すほうに賭《か》けた。が、そうなれば、何にも不自由した覚えのない貴公子の話なのだ。勝負の出方は不用意なくらいに大きくなる。

「自分でも、わかっているはずではないか。調子に乗りすぎて大穴を開けた負け博打も、タレイラン、おまえは一度や二度の話ではないではないか」

　実際のところ、こたびも賽《さい》は痛い目をみるほうに転がったようだった。教会財産の国有化も、教会組織の合理化も結構な話だが、もう少し慎重にやるべきだった。聖職者どもの反感が予想されたものならば、ひとつ、ふたつ、既得権を残してやってもよかった。それで全体の改革が進展するなら、卑しむべき妥協でなく、高度に政治的な配慮ということにもなる。

　対するにタレイランの答えは、こうだった。

「ううむ。けれども、博打は大きく賭けないと、面白くないものだからね」

「一人勝ちをするな、胴元を儲《もう》けさせない博打は勝てないと、そう教えたはずだろう」

「だから、ミラボー、それは処世術であって、博打ではないよ。少なくとも博打のための博打ではない」

「してみると、博打のための博打なのか、この教会改革は」

なんたることだ。ミラボーは思わず声を上げた。刹那《せつな》に周囲の談笑が途切れるくらいの声だった。

ミラボーは失敬とサロンの面々に謝罪した。ながらも、胸奥の嫌な予感はなくならなかった。

――博打のための博打……。

それは、ひたすら勝利の快感を求めるだけの博打である。金が欲しいわけではない。それ通して計算したときには、大損していても構わない。刹那の痛快さえあるならば、それだけで博打は有意義な営みとなる。ミラボーが戦慄《せんりつ》したというのは、タレイランという男なら、それくらいのことは考えかねないと、妙に納得できてしまったからだった。

――なんとなれば、タレイランは昔から聖職者が嫌いだった。

自らが聖職者であれば、我が身を呪《のろ》う風さえあった。カトリック教会が滅び、聖職者たちが断末魔の悲鳴を上げるなら、さだめし快感を覚えるに違いない。その快感さえ得られるならば、多くの人間に恨まれようと、それがフランスのためにならないとしても、まるで意に介さないに違いない。

――が、そのとき革命はタレイランひとりに翻弄されることになる。

ただ快感を得たいという究極のエゴイスムのために、あまねくフランスが踊らされることになる。ミラボーは自問せずにはいられなかった。それで、よいのか。そんな勝手な博打に、この俺《おれ》までが手を貸してやってよいのか。

――仕方ない。

と、ミラボーは観念した。はっきり頼まれたわけでもないのに、タレイランの手には余るだろうから仕方がない、また俺が助けてやろうと、自分でも意外なほどに迷わなかった。恐らくは、それが昔からの関係だったからだ。

旧友、悪友、腐れ縁と言葉にしたからと、ミラボーには勘違いされたくない思いがある。タレイランとの間には、世に友情と称揚されるような感情は皆無だった。

それこそロベスピエールに覚えるほどの好意もない。好きか、嫌いかと問われれば、迷わずに嫌いと答える。が、好き嫌いで動くようでは始まらないのだ。嫌いな相手と平気で握手できる図太さを持たないなら、もとより一流の男にはなれないのだ。ああ、そうだ。友は、好きか、嫌いかではない。

――利用できるか、できないか。

ミラボーにとっても、タレイランは利用価値の高い男だった。貴族にしても格違いの貴公子だからだ。生まれついての人脈まで、ほしいままにできるからだ。

――タレイランなら、こしゃくなラ・ファイエットを抑えることができるのだ。

ジャコバン・クラブの代表の座から、まんまと締め出したはよい。が、締め出されたほうのラ・ファイエットは、パレ・ロワイヤルに陣取りながら、近く自前でクラブを結成するようだった。

名前も「一七八九年クラブ」になるらしかったが、会員には宮廷筋、閣僚筋と名前が並び、入会が噂《うわさ》されている議員会員も、バイイ、コンドルセ、シェイエスと、すでに地位ある錚々《そうそう》たる顔ぶれである。

——だからこそ、タレイランを送りこまなければならない。

一七八九年クラブに打ちこむ、このミラボーの大きな楔《くさび》としなければならない。そうすることで連中の動きを抑え、わけても不都合な動きであれば、あらかじめ掣肘《せいちゅう》させなければならない。

道具として利用してばかりでも、相手に対して不誠実だとは思わない。だから、タレイランも同じなのだ。

——いや、いっそう悪い。

タレイランの場合は「お願いします《シル・ヴ・プレ》」という言葉さえ知らないからだ。頼みたいことがあっても、自分からは決して切り出さない。遠回しな会話に無理にもつきあわせながら、相手のほうから援助を申し出るように仕向ける。

——やはり、少し癪《しゃく》ではあるな。

そう思いながら、ミラボーは続けた。いずれにせよ、厄介な話にはなってきた。手を焼くといえば、やかましいのはナンシー司教だけではないようだしな。

「ローマ教皇ピウス六世も、フランスの人権宣言を断罪したそうではないか」

「密室で行われた枢機卿《すうききょう》会議での話だよ。公式な見解ではない」

「はん、公になるのは時間の問題だろう」

「かもしれない」

「いよいよ、国際問題か」

「そういう言い方もできるかもしれないね」

実際のところ、教会改革が困難だというのは、それが二重の問題を孕《はら》んでいるからだった。すなわち、ひとつには国が教会あるいは宗教と、どのように折り合うべきかという国内問題である。その教会が教皇庁を頂点とする超国家的な組織であるために、もうひとつにはフランスとローマの国際問題にもなりかねない。

そうなれば、なおのこと厄介だった。拗《こじ》れないように細心の注意を払わなければならないところ、それが傲慢《ごうまん》な無神経が売りというタレイランには手に余る。

「なんとかしなければならんな」

そうミラボーは結んでやった。つまりは協力してやると伝えたわけだが、タレイランのほうは嬉《うれ》しいような顔もしなかった。当たり前だと思うからだ。議会を休んで、これまで援護がなかったことに、逆に腹を立てていたくらいなのだ。

ミラボーとしては、やはり癪に思わないではなかった。が、そういう男なのだ。苦笑に流すしかないかと、達観を心がけたときだった。

「ああ、オータン猊下《げいか》、こちらにおられましたか」

みつけて近づいてきたのは、サロンの主人オズーフ氏だった。一緒に数人の紳士がやってきた。身なりから推して、皆が羽振りのよいブルジョワである。おお、おお、ご一緒なされておられるのは、もしやミラボー伯爵であらせられますか。ちょうど、よかった。ええ、ええ、是非にも紹介させてください。

「こちらフュレ氏、それからパルヌ氏、ヴァランタン氏」

三人ほど紹介された。が、ただ近づきになりたいだけという、無邪気な雰囲気ではなかった。それが証拠にブルジョワたちは、挨拶《あいさつ》に満足して立ち去るわけではなかった。なにか始まるということは、タレイランの常なく気まずそうな横顔からも明らかだった。

オズーフ氏が小声になった。ところでオータン猊下、あの話は本当なのでございますか。

「つまりアッシニャ債券が、近く紙幣になるという話です」

「そういう計画もあるようですな。財政逼迫《ひっぱく》の折りですから、政府は五分利を支払うのも容易でないということで」

「しかし、それではアッシニャの価値が暴落しませんか」

フュレ氏が割りこんできた。通貨ということなら、ぺらぺらの紙切れよりも、ずっしり手応えのある金貨、銀貨のほうが、ありがたがられるものですからね。無視されるとはいわないまでも、アッシニャは額面通りの価値を維持できないんじゃないかと。

「そこのところ、なにか議会は対策を考えておられるのですか」

「いや、特には」

「とすると、オータン猊下、アッシニャを手にする旨味《うまみ》というのは、なんです」

「はは、それは私のような一介の僧侶《そうりょ》より、パルヌさんのような実業家のほうが、お詳しいのではないですか」

「教会財産を購入できるということですか。豊かな農地を優先的に買えるとなれば、誰もがアッシニャを集めにかかるということですか」

「ええ、ええ、オータン猊下、良い出物がありましたら、ひとつ私などにも教えていただきたいものですなあ」

それまでにアッシニャを安く買い叩《たた》いておきますから。ヴァランタン氏に持ちかけられると、タレイランは貴族にしかできない曖昧《あいまい》顔で巧みに誤魔化《ごまか》していた。ミラボーは小さな笑みで思う。これだから、ブルジョワは嫌だ。あからさまで、恥という言葉を知らない。内心それくらいの台詞《せりふ》を続けているのだろうが、タレイラン、きさまとて綺麗な人間というわけではあるまい。というのも、あからさまでないほうで、お願いしたい

ということだからな。

——便宜を図る見返りに、賄賂《わいろ》をよこせということだからな。

ミラボーは小さな笑みを大きくした。財政再建の熱意に嘘《うそ》があったとはいわない。が、やはり好奇心には駆られてしまう。タレイランは今回の教会財産国有化で、どれだけの賄賂を掻《か》き集めたものだろうかと。

「三億か、五億か」

「ん、なんだね、ミラボー」

ブルジョワたちがいなくなるや、とたんタレイランは惚《とぼ》けた。ミラボーも白々しく続けてやった。いや、俺が出している新聞、ああ、例の『プロヴァンス通信』の話さ。パリで記者を増やしたものだから、いくらか経営が苦しくなってきていてな。

「はん、ブリソだの、レイバスだの、与太者ばかり集めて面倒みるからさ」

「そういうな、タレイラン。俺のおひとよしで得をするのは、なにも連中ばかりじゃないことだし」

こちらの意図に気づいたか、タレイランは憮然《ぶぜん》たる顔になった。

「ミラボー、なにがいいたいのかね」

「つまり、だ、タレイラン」

誰か出資してくれそうな実業家を知らないかね。そう持ちかけて、ミラボーは無表情が売りの相手に、ぎこちない苦笑を余儀なくさせてやった。はん、さんざ手足に使われるんだ。賄賂の分け前くらい、しっかり貰《もら》っておかないとな。

19——僧衣の亡者

四月十二日、憲法制定国民議会は十分の一税の廃止について、再度の審議を試みていた。

その廃止に際しては、買い取りという形を取らない。また一時金が支払われることもなく、つまり補償の類《たぐい》は設けられない。そこまで決まり、残すは代替財源に関する議論だった。

その日も演壇を占めるのは、ナンシー司教ラ・ファールだった。左派のヴォワドル議員を向こうに回して、火が出るような議論を戦わせていたが、昨日のような乱暴狼藉《らんぼうろうぜき》にはなっていなかった。

なお楽な相手ではなかった。激昂《げっこう》するや支離滅裂になる言動も、ひとたび落ち着かれてしまえば、そこは言葉が商売道具という聖職者である。がっちり理屈で組みあっても、ナンシー司教は手強《てごわ》いのだ。

——とはいえ、右派を代表する論客というならば、受け入れないわけではない。むしろ大歓迎だと、十分の一税委員席のタレイランは、静かに安堵《あんど》の息を吐《つ》いた。議論を尽くせば、納得してもらえるからだ。納得してもらえないとしても、説得できるからだ。説得して、なお受け入れないならば、そのときは利口面《りこうづら》の坊主どものほうでも、自らの不条理を認めざるをえないからだ。

——そう、そう、どんな風に足掻《あが》こうとも、正されるべき悪は、きさまらの側にある。ああ、そうさ。思えば慌てることなどないのさ。こちらも絶対の正義に安住していればいいのさ。そう寛《くつろ》ぎかけたところで、タレイランはハッとした。

なにか、おかしい。あっ、議論が途絶えている。ヴォワドルが探る目つきであるからには、ナンシー司教が沈黙したということか。

——己の矛盾の甚だしさに気づいて、とうとう言葉に詰まる……。

と、そういう雰囲気ではなかった。司教の福々しい丸顔には、追い詰められた表情などは、微塵《みじん》も浮かんでいなかった。逆に看取されたのは、不敵に居直るような薄笑いだった。なにやら背後に目を飛ばして、それは合図ということなのか。

「ジェルルと申します」

やはり議席を飛び出す男がいた。ええ、私は第一身分代表で、元々はカルトゥジオ会の修道士でありました。僧院ではドン・ジェルルと呼ばれておりました。そう名乗りを上げながら、ヴォワドル議員を脇《わき》に押しやり、自らが正面を占拠したのだ。

議場がざわめいていた。傍聴席からは拍手も起きた。

――またか。

タレイランは頭を抱えた。またか。また無法な割りこみか。周到に計画して、また聖職者どもは仕組んできたのか。

「ええ、どうしても聞いてもらわなければなりません。議員諸氏におかれましては、いま一度だけ考えていただきたいのです。すなわち、憲法制定国民議会の名において、使徒の教えを受け継ぐローマ・カトリックの信仰こそは国民の宗教であり、また未来永劫《みらいえいごう》そうであり続ける、国家公認の唯一の信仰であると、そう宣言していただきたいのです」

ジェルルは声を張り上げた。まったく辟易《へきえき》させられる。強引に押しこんできた求めというのも、二月十三日に当のナンシー司教が試みた発議の、繰り言にすぎなかったからである。まさか聞き入れられるまで、何度でも蒸し返すつもりなのか。発言者だけ取り換えれば、何度でも繰り返して構わないと思うのか。

「いえ、これが最後のお願いでございます。というのも、ここで国教宣言していただけなければ、もう手遅れになってしまうというくらい、事態は深刻の度を増してきているのです。今や信仰が疑われるだけではありません。カトリックが誤解されることによって、この神の恵み多きフランスの大地に邪《よこしま》な教えが、その魔の手を伸ばしてきているのです」

ざわと議場に波が立った。タレイランは無表情を必死に守った。苦々しく思う内心が、今にも表に出そうだった。なんとなれば、どうして、ざわめく。なぜ、恐れる。邪だの、魔の手だのと、そんなものは馬鹿な信徒を脅すための、聖職者の常套句《じょうとうく》ではないか。この啓蒙《けいもう》の時代にあっては、なんの中身もないことくらい、先刻承知の話ではないか。なのに動揺の素ぶりをみせるから、坊主どもが調子づくのではないか。

「その邪な教えとは、なんです」

確かめた議長は、三月十六日から任についているラボー・ドゥ・サン・テティエンヌだった。

「プロテスタントの教えです」

と、ジェルルは頓着《とんちゃく》なしに答えた。ええ、ローザンヌだの、ジュネーヴだのから送りこまれて、あの呪《のろ》われたカルヴァン主義の輩《やから》が、これを好機とフランスに乗りこんできているのです。

「わけても南フランスは危ない。手を拱《こまね》いていては、悪魔の土地に落とされかねない」

「南フランスですか。それは私の選挙区です。私はニーム管区選出なのです」

「それならば、議長閣下、なおのこと宣言採択に御助力ください。手を拱いていては、閣下のニームまで悪魔の土地に落とされかねない」

「いや、そういうことなら、もう手遅れでしょう」

「…………」

「私自身がプロテスタントの牧師だ」

ふざけるな。そう吠《ほ》えるや、ラボー・ドゥ・サン・テティエンヌは木槌《きづち》を投げつけた。静粛にと呼びかけて、議場に平静を取り戻すでなく、そのまま議長はジェルルに飛びかかり、自ら大乱闘の口火を切った。

右派の聖職議員たちも大人しくはない。仮に普段は暴力を戒める立場にあるとしても、大切な仲間の襟首を奪われたままにはしておかない。

「なにをする、この野蛮なプロテスタントめ」

ばたばた足音が響いていた。すわと議席を駆け下りてくる者は、一人や二人に留《とど》まらなかった。テュイルリ宮殿調馬場《マネージュ》付属大広間の床が、小刻みに震動するほどだったというのは、階段席の上のほうから猛禽《もうきん》さながらに滑空して、喧嘩《けんか》好きというならば、左派の議員たちとて遅れるものではないからだった。

蒲鉾型《かまぼこがた》の天井に、うわんうわんと反響しながら、怒号が渦を巻いていた。椅子《いす》が飛び、書類が舞い、誰のものか鬘《かつら》までが投げ出され、一瞬にして右も左もわからない混沌《こんとん》が生まれていた。がっ、がっと、硬いものがぶつかるような低い音まで聞こえてきて、恐らく渦中では殴り合いが始まっているのだろう。

――嫌だ。ああ、嫌だ。

処置なしだ。委員席のタレイランは、うなだれるしかなかった。こっそり身を潜め加減に、せめて関わりたくはなかった。なんだか埃《ほこり》っぽくなああ、うるさい、うるさい。こんなのは私の好みではない。それどころか、空気が熱を孕《はら》んで、なんだか埃っぽくなって、この不快感ときたら一刻とて我慢ならない。きさまら、それでも議員なのか。このフランスの行末を決める立場にある人間なのか。いや、そんな風で人間なのだと胸を張ることができるのか。

――こうまで猷じみられちゃあ、こっちは頭がおかしくなっちゃいそうだよ。

実のところ、タレイランは誰かと争うことが、なにより苦手という人間だった。というより、最初から自分が一番と決まっているので、そもそも誰かと争う感覚がない。なかんずく不得手な相手が、どれだけ不利でも、あるいは自分の理屈が破綻《はたん》していても、なお戦い続けて、決して諦《あきら》めないという、粘着質の手合いだった。

「国教の宣言を。国家の管理下におくならば、せめて宣言の審議を。いや、投票にかけるだけでも」

やはりナンシー司教が企ての首謀者らしかった。横に大きい巨体で左派数人を圧倒しながら、いよいよ本音も露《あらわ》に叫んでいた。

激情家の質《たち》なのか、それとも牧師に殴られてしまったのか、ジェルルにいたっては、もはや滝の涙である。お願いいたします。どうか、お願いいたします。さもなくば、信仰が廃《すた》れてしまいます。神が滅びてしまいます。

「いかにも、いかにも。ゆえに今日は閉会させませんぞ。是非にも審議してもらいますぞ。なんとしても投票まで持ちこみますぞ」

血が混じる唾《つば》を飛ばして打《ぶ》ち上げたのは、これまた右派の急先鋒《きゅうせんぽう》で知られるモーリ師だった。ラボー・ドゥ・サン・テティエンヌの身体《からだ》を羽交い締めに捕えながら、文字通りの肉弾戦で議長の強硬な態度を封じる格好だった。

――もう直視にも堪えないよ。

なんとなれば、この見苦しい輩は聖職者だというのだ。それを無理にも周囲にわからせようとして、ご丁寧に僧衣まで纏《まと》ってきているのだ。

天使とはいわないながら、苟《いやしく》も神の言葉を語る役分である。それが血走らせた目で誰彼となく睨《にら》みつけ、また誰の腕の肉を削りとってきたものか、五本の指の爪《つめ》の間に赤黒い汚れを隙間《すきま》なく詰めながら、まるで地獄の亡者という体《てい》なのである。

20——切り札

「わからない」

そう呟《つぶや》いたとき、タレイランは戦慄《せんりつ》していたのかもしれない。わからない。わからない。この亡者どもの執念は一体どこから生まれてくるのか、それが私には理解できない。が、自分以外の誰かに心が脅かされるなど、あってはならない話でもあった。

「嫌だ、嫌だ」

タレイランは大急ぎで繰り返した。国教宣言しろ、国教宣言しろと、ひとつ覚えに繰り返して、こいつらは本当に馬鹿ではないのか。

そう蔑《さげす》みの言葉を吐くことに満足して、あっさり引き揚げてしまうことも、タレイランの場合は珍しくなかった。土台が恵まれた生まれつきで、なにかに執着する癖がない。自分が負けたのではなく、自分が相手になるほどの価値もなかったのだと片づけて、虎《とら》の子の自尊心さえ守れた日には、もう長居は無用という了見である。

——しかし、今度ばかりは引き揚げられない。

と、タレイランは思い返した。これは、やらなければならない仕事だからだ。相手が馬鹿だったせいで頓挫《とんざ》しようとも、このフランスに私が君臨できない結末は同じく屈辱的だからだ。ああ、こんなところで引き下がるわけにはいかない。私は約束された天下に手を伸ばさなければならない。

そのための道筋は、すでに描き出していた。教会財産の売却で、国家の財政を再建する。教会改革で合理化を断行し、国民の負担を減らす。そうまで絵図を描いてやっているというのに、この体たらくは何なのだ。

タレイランは段々と腹が立ってきた。ああ、この修羅場は何なのだ。こんな出鱈目《でたらめ》を収拾する仕事にまで、私の手を煩わせろというつもりか。

——それは下僕の仕事ではないか。

タレイランは怒りの目を飛ばした。この混乱にもかかわらず、まだミラボーは議席に腰を下ろしたまま、泰然自若と腕組みなどしていた。だから、おまえは、なにをしている。貰《もら》うものだけ貰って、あとは働かないつもりなのか。

——おまえごときが、それで通ると思っているのか。

こちらの罵《ののし》りが届いたか、にやりと笑うミラボーは、ひとつ大きく伸びをした。それから椅子《いす》を立ち上がり、ようやく階段席を降りてくる。

「議長」

発言を許可されたい。そう道半ばで発せられた、なんでもない第一声からして、獅子《しし》の咆哮《ほうこう》は別物だった。

ミラボーの声は雷鳴さながらに轟《とどろ》くことで、それまでの騒がしさを、ばっさり切り落としてしまった。怒鳴り合い、つかみ合い、ところによっては殴り合いまで始めていた議員たちが、その刹那《せつな》に全ての動きを止めた。はん、さすがに獣には獣だ。人間さまには届かなくとも、百獣の王だけあって、動物には強いではないか。

すでに確かめるまでもないながら、ミラボーは確かめた。

「発言を許可されたい、よろしいですか、ラボー・ドゥ・サン・テティエンヌ議長」

「えっ、ええ、はい、発言を許可します」

首を捩《ねじ》り上げられた格好のまま、プロテスタントの議長は許可した。援軍の到着を、それも、またとないくらい頼もしい援軍の到来を直感したということだろう。ラボー・ドゥ・サン・テティエンヌは繰り返した。ええ、ええ、許可します。ミラボー議員に許可します。

「議員諸氏よ、心して耳を傾けられよ」

興奮のあまり飛び出していた議員たちが、よく躾《しつ》けられた猟犬のように自分の議席に戻り始めた。議長に命令されたからというよりも、先んじてミラボーがシッシッと追い払うような手ぶりを投げていたからだった。

いれかわる形で登壇すると、ミラボーは始めた。ええ、まず最初に明らかにしておきたいのは、私はジェルル師の発議に賛成を表明したいのでも、反対を表明したいのでもないということです。

「なんとなれば、問題は、それ以前のものだからです」

議場は野次ひとつなく聞いていた。バリトンの声が順調に響いた。

「ひとつ歴史から引きましょう。ここから、ええ、そうです、私が今みなさんに話しかけているこの議場から、ええと、あちらの方角になりますか、ルーヴル宮殿がみえます。目を凝らせば、ずらりと並んでいる硝子窓《ガラスまど》なども、確かめられると思います」

なんの話だと、タレイランは困惑した。が、同時に思い出したことには、ああ、そうか、一見したところ無関係なようにみえる話から、一気に核心を突くことで、その内容以上の説得力を持たせるというのが、ミラボー一流の話術だったのだと。

ミラボーは続けた。ええ、みなさん、ひとつ思い浮かべてください。その硝子窓に映りこんで、ある場面が覗《のぞ》きみえます。集まっているのは、信仰の聖なる恩寵《おんちょう》でなく、むしろ俗な利益に目を眩《くら》まされて、徒党を組んだ者どもです。怒り、騒ぎ、ときに脅すような声まで発しながら、連中は、ああ、なんて可哀相《かわいそう》なのだろう、ひとりのフランス王を取り囲んでいます。その手に火縄銃を持たせ、発砲させようとしています。

「それは運命の一発でした。なんとなれば、サン・バルテルミの夜に撃ち放たれた、その一発の銃声こそが、大虐殺を命じる号砲となったからであります」

サン・バルテルミの大虐殺は一五七二年にパリで起きた、フランス史の汚点ともいうべき痛ましい事件である。

宗教改革の時代の話で、フランスでもカトリック派とプロテスタント派が、武力闘争を繰り返していた。その和睦《わぼく》と称して行われたのが、プロテスタントの指導者アンリ・ドゥ・ナヴァールと、カトリックを奉ずる王家の娘マルグリット王女との結婚だった。

祝いのためにカトリックのみならず、何万というプロテスタントもパリに集まってきた。その機を捕えたカトリック派の急先鋒たちが、シャルル九世王に迫り、プロテスタントの騙《だま》し討《う》ちを強行させたのだ。一夜にして皆殺しにしてしまい、セーヌ河の水を赤く染めてしまったのだ。

「今また似たような事件を起こしたくはありません。この我らが議会、つまりはフランスの新しい主権者を、哀れなシャルル九世王と同じにしてはならないと思うのです」

と、ミラボーは結んだ。大袈裟《おおげさ》な話だった。誰も虐殺を始めるとはいっていない。飛躍にもほどがある。すりかえといってもいい。が、議場からは最後まで、ひとつの反論、ひとつの野次さえ出なかった。

ミラボーの迫力に気圧《けお》されたこともある。名優タルマの主演で、ちょうど『シャルル

『九世』という芝居が好評を博した折りで、多くがフランス史の一齣を記憶に刻み直していたこともある。サン・バルテルミの大虐殺は、わけてもカトリック教会の汚点であり、これを持ち出されては黙るしかないという事情もある。

実際のところ、議長に詰め寄る僧侶《そうりよ》たちの強引さからは、虐殺にも通じる一種の獣性が感じられたのだ。議長席のラボー・ドゥ・サン・テティエンヌに涙まで落とされるにつけても、プロテスタントを云々《うんぬん》したのは失敗だったと、もう連中には悔しげに臍《ほぞ》をかむくらいしかできないのだ。

「理性的な議論を期待いたします」

それを最後にミラボーは演台を降りた。議席に戻りがてら、ちらと目を送られたが、もちろんタレイランは無視した。はん、わざわざ礼をいうような話ではない。

――とはいえ、さすがは私の切り札だ。

タレイランは、ふうと安堵《あんど》の息を洩《も》らした。ミラボーがいて、よかった。自らの異能に過信が甚だしく、ときに鼻持ちならない男だが、それを我慢して、今日まで飼い馴《な》らしてきた甲斐《かい》があった。ああ、ミラボーなくしては、せっかくの私の偉業も容易に前に進んでいかない。ブンブンうるさい働き蜂《ばち》も、必要だということだ。でなくては巣の奥の女王蜂は、おちおち卵も産めやしないというものなのだ。

議事が再開されていた。次に発言を求めたのは、貴族代表としてトゥール管区から選出された、ムヌウ男爵という議員だった。ええ、ええ、私も人民の代表である憲法制定国民議会が、現代のシャルル九世になるべきではないと思います。

「というのも、とっさに私は人権宣言の第十条を思い出したのです。すなわち、その表明が法律により確立された公の秩序を乱すものでないならば、たとえ宗教に関するものであれ、何人《なんぴと》も自らの意見を理由に迫害されることがない、と」

「発言の意図を明確にしてください」

「はい、議長。何人も迫害されることがない、いいかえれば、それが政府であろうと、また議会であろうと、誰かを迫害することになってはならないわけです。とすると、そもそも議会は良心の問題であるとか、宗教上の意見であるとか、そうした事柄について、なんらかの決定を行う権利を持たないし、また持ちえないのではないでしょうか。ジェルル師の発議を審議すること自体が、不可能なのではないでしょうか」

「それは言い逃れだ」

今度は野次が飛んできた。誰かを迫害せよとは要求していない。ただカトリックを国家宗教に認定してほしいと、そう望んでいるだけだ。ああ、我々は手持ちの金器銀器や聖具の類《たぐい》まで、この革命の成功のために国庫に寄付した。求められれば、農地まで差し出した。フランスという国のために、これだけ大きな犠牲を払っている教会に、議会も多少の敬意ばかりは示すべきではないかと、そういっているだけなのだ。

いうまでもなく右派の聖職議員だったが、その野次もミラボーの影に怯《おび》えたか、先刻の勢いからは明らかに後退していた。ムヌウ男爵は平然として答えた。いや、カトリック教会に対する敬意なら、もう十二分に示されていると思いますよ。なにせ、向後《こうご》は聖職者も公僕として扱われるというのです。いいかえれば、国庫の出費項目の筆頭に、信仰の経費が記載されるのです。

「これがプロテスタントとなると、どんな経費も国費では落ちません」

議長ラボー・ドゥ・サン・テティエンヌは何度も何度も頷《うなず》いていた。

21――切り崩し

四月十三日、憲法制定国民議会はカトリックの国教宣言は行わないことを決めた。四月十四日、教会財産はこの革命で新たに設立された地方自治体、すなわち県《デパルトマン》ならびに郡《ディストリクト》に管理が委《ゆだ》ねられること、聖職者の給与制が導入されること等々が決まり、教会改革は具体化の途についた。

「いや、こんな出鱈目《でたらめ》な審議には、もう参加できませんぞ」

啖呵《たんか》をきったのは、今度はクレルモン司教フランソワ・ドゥ・ボナルだった。

改革が進むほどに、抵抗は激しさを増すばかりだった。審議を拒否したのは、短気者の司教ひとりというわけではなかった。実に全体の三分の一という議員が聖職者の主張に同調、あるいは同情して、一緒に議場を後にしてしまった。

四月十九日には、ウゼス司教アンリ・ブノワ・ジュール・ドゥ・ベティズィ・ドゥ・メズィエールの起草になる正式な抗議文が、議会に提出されるに及んだ。四月十三日の議決無効を求める内容そのものは予想を裏切らなかったが、三十三人の司教を含む、全部で二百九十五人の議員が、自筆で署名を寄せていた事実のほうは、まさに驚くべきだった。

「暗礁に乗り上げたか」

自信家のタレイランも、さすがに呻《うめ》かないではいられなかった。これでは強行採決に訴えることもできない。署名を寄せただけで全体の三分の一になんなんとする三百人弱なのだから、付和雷同に動く議員を含めて、一体どれだけの造反が出るのか、ちょっと読めない雰囲気がある。

右派の聖職議員たちは、それだけ根回しに精力的だったということだ。

――ちっ、あきらめの悪い。

そうやって舌打ちできたのも、僅《わず》かに半日の間だった。またぞろタレイランは瞠目《どうもく》を余儀なくされた。午後の審議の冒頭、聖職議員モーリ師らの一派は、あろうことか議会の解散を要求してきたからである。

曰《いわ》く、元を辿《たど》れば皆が全国三部会のために選ばれた議員である。その際に任期は一年とされていた。開幕が一七八九年五月であったからには、そろそろ一年になる。でなくとも、全国三部会は国民議会に、ついで憲法制定国民議会に変わった。選挙区とされた管区も行政改革でなくなり、新しく県や郡が設けられている。また選挙法も一新されているからには、改めて選挙を行うべきではないか。改革を力強く推進するためにも、このあたりで議員は、いったん民意を確かめておくべきではないか。

「いや、とんでもない。あなた方は球戯場《ジュ・ドゥ・ポーム》の誓いを、お忘れなのか」

一七八九年六月二十日、国民議会は憲法が制定されるまで決して解散しないと宣言した、あのときの誓いを忘れてしまったのか。そうミラボーが吠《ほ》えてくれたので、議会の解散、総選挙という話は流れた。

――とはいえ、冷や汗をかかされた。

ここで総選挙など行われては、教会改革の頓挫《とんざ》は、まず間違いなくなった。のみか教会財産の国有化等々、すでに決定された事案まで、取り消されてしまいかねない。

――ああ、ありえない話ではない。

四億リーヴル分のアッシニャ債券が発行され、それが四月十六日の決議で紙幣扱いされることになり、もう後戻りなどできないようだが、まだ不動産が動いているわけではなかった。そうなる前にと、聖職者たちは国有化法案を撤回してもらえるなら、各教区で工面して、現金四億リーヴルを国庫に寄付するとも持ちかけてきている。

今のところ、議会は聞く耳を持たないが、それも議員の顔ぶれが変わるようなことになれば、あるいは容《い》れられないともかぎらない。

「…………」

聖職者どもの逆襲は一通りでなかった。ミラボーの雄弁をもってしても、議会で食い止めるのが、やっとの状態だ。

タレイランは自ら動くことにした。ああ、ぐずぐずしていられない。ここは先手を打たなければならない。なあ、ミラボー、おまえも、そう思うだろう。

「ええ、こちら、エクス・アン・プロヴァンス大司教ボワジュラン猊下《げいか》」

こちらオータン司教タレイラン・ペリゴール猊下と、一応はお引き合わせいたしますが、確かヴェルサイユでも一度、御一緒しておりますな。紹介の労を取りながら、ミラボーは溜《た》め息を吐《つ》いたようだった。

「ええ、ええ、大司教猊下とは選挙区が一緒という縁があり、司教猊下とは若かりし頃に懇意にしていただいた縁があるということで、あのときも私が仲立ちいたしました」

でなくとも、御両名様ともカトリック教会の高位聖職者、つまりは御同僚であられます。私が間に入るなどと、これは時間の無駄遣いをしましたか。やっつけ加減に続けられれば、もしやミラボーは機嫌が悪いのか、それとも何か不服があるのかと思わないではなかった。が、タレイランは気にしないことにした。というのも、この私が自ら動いてやろうというのだ。その御膳《おぜんだ》立てをするくらいはミラボー、下僕として当たり前の話ではないか。

タレイランは涼しい顔で始めた。

「本日は御足労ありがとうございます、ボワジュラン猊下」

会していたのは、ユニヴェルシテ通りの屋敷だった。ミラボーは措《お》くとして、タレイランは上役の大司教まで自宅に呼びつけた格好だった。ああ、まさか足の悪い私を捕まえて、自分から歩いてこいとはいわないだろう。

気が咎《とが》めるわけではないながら、それでも最初に礼を述べたのは、これが此方《こなた》から申しこんだ会談だったからである。

――それも急に、だ。

まだ四月二十日だった。右派議員による抗議文の提出、ならびに議会の解散動議と、荒れに荒れた十九日の議会は、ほんの昨日の話でしかない。ああ、そうか、ミラボーの不機嫌は、昨日の今日で急がされたせいなのか。

気づいても、当然タレイランには斟酌《しんしゃく》するつもりがなかった。なんとなれば、私は待つのが嫌いなのだ。思いついたら、すぐさま実現しないと嫌なのだ。

「ええ、ええ、わざわざ御越しいただきましたのは、いくつか猊下に教えていただきたかったからでございます。もちろん、拙僧のほうからサン・トノレ街を訪ねてもよかったのですが……」

そう街区《ディストリクト》の名前を出すと、ボワジュランは一瞬ぎょっとした顔になった。こちらは表情ひとつ動かさないながら、タレイランは嘲笑《ちょうしょう》する気分だった。はん、サン・トノレ通りにはパレ・ロワイヤルも鎮座していれば、ジャコバン・クラブだって集会場を置いている。私がウロウロしていたとしても、そんなに怪しまれるわけではない。親しく話しているところでも目撃されたら、全体どうしようかなどと、そこまで怯《おび》えることはない。

――御仲間がカプチン派の僧院跡に、こそこそ集まっているからといって……。

教会改革に抵抗する右派聖職者の、そこが集会場だった。ウゼス司教が認《したた》めた抗議文に三百になんなんとする署名が集められたのも、モーリ師が議会解散という戦略を練り上げたのも、そのサン・トノレ通りに面している建物での話だったのだ。

――そして一派の首領こそ……。

エクス・アン・プロヴァンス大司教、ジャン・ドゥ・デュー・レイモン・ドゥ・クュセ・ドゥ・ボワジュラン――高位聖職者らしく肥えてはいたが、それも恰幅《かっぷく》がよいという程度に留《とど》めて、ボワジュラン、病的な印象は受けなかった。てかてかと桃色の頬《ほお》を輝かせる中性的な風でもなく、それどころか角ばった顎《あご》の形が頑固なやり手を思わせた。

ボワジュランには神経質な感じもなかった。事実、カトリック教会については、ひとつの悪口も許さないというような、ぴりぴりした手合いではない。高位聖職者として教区を運営してきた行政家であり、フランス王家に顧問を依頼されてきた政治家でもある。

「それでもタレイラン、おまえよりは恥という言葉の意味を知っている男だよ」

不敬な冗談口は措くとして、それがミラボーによる人物評だった。ボワジュランのことは優秀な現実家とみて、まず間違いなかった。なるほど、その現世における実力と声望あればこそ、右派の聖職議員たちも指導者と仰いで頼りにしたのだろう。

最大多数をまとめられるということは、極端に走らない人格をも示唆している。実際のところ、ボワジュラン自身は穏健な考え方の持ち主だといわれていた。ために党派のなかでも過激を志向する一派には眉《まゆ》を顰《ひそ》め、その掣肘《せいちゅう》に手を焼いているとも聞く。ですから、猊下、はじめに確認させてください。

「拙僧の願いは、このフランスに一日も早く健全な信仰が再建されること、それのみでございます。他に欲するところはありません」

タレイランは白々しい前置きから手をつけた。聖職者という綺麗事の輩《やから》には、それも欠かせない手続きだからだ。

「ええ、それは拙僧とて全く同じことですよ、オータン猊下」

ボワジュランは案の定で、まっすぐに返してきた。管轄はプロヴァンスだが、出身は北部のブルターニュなので、南フランスの訛《なま》りは皆無だ。

それとして、こちらを「猊下」と呼んだときの響きが、いくらか軽かった。下にみている気分が透けているようで、タレイランは癪《しゃく》に覚えないではなかった。まあ、大司教在位二十年の高僧ボワジュランからすれば、高《たか》が一年生司教などは文字通りの若造にしかみえないのだろう。

――はん、この俗物め。

であるならば、やはり切り崩せない相手ではあるまいと、タレイランは自信を深めた。いうまでもなく、それが会談の目的だった。ああ、このままでは反対派に押し切られる。教会改革は潰《つぶ》されてしまう。ここは抵抗勢力のなかに味方をつくることで、内部崩壊を誘発するしか道がない。

――ならば、のっけから首領を懐柔するほうが早い。

つまらない小物に掛けあい、時間を無駄にすることはない。でありますからには、とタレイランは始めた。本日はボワジュラン猊下、ひとつ忌憚《きたん》のないところを教えていただきたく。

「十分の一税の廃止だけは、やはり受け入れがたいということでございますか」

22――不可解

今さらという感さえある、我ながらの愚問だった。が、わからないものはわからない。

――どうして、こうも頑迷に反対するのか。

考えて思いつくのは、聖職者どもは昨夏の決断を後悔しているのだろうとか、廃止した十分の一税が今頃になって惜しくなったのだろうとか、それくらいのものだった。

ボワジュランは答えた。いえ、どうでも容《い》れられないわけではありません。

「あるいは誤解があるのかもしれませんが、我々としては常に柔軟に対応したいと考えておるわけでして……」

「国家が聖職者を給養してくれるなら、十分の一税など廃止されても構わないと」

「ううむ。拙僧の個人的な意見としては、やむなしと。しかしながら、革命のために良かれと、八月には廃止に応じた十分の一税も、十一月に教会財産まで国有化されてしまうと、なんだか話が違うのではないかと、それなら十分の一税の廃止には応じられないと、そう思いなおしている向きも少なくないわけでして」

「国家の俸給では足りないと、贅沢《ぜいたく》な生活は営めないと、そういう話でございますか」

「いえ、いえ、贅沢とかなんとか、そういう気持ちからではありません」

ええ、決して、そうではありません。ボワジュランに念を押されて、タレイランも嘘《うそ》をつけとは切り捨てなかった。

こと下級聖職者にかぎっていうならば、カトリック教会に給養されるより、国家に給養されたほうが、かえって収入が増える計算になる。高位聖職者は明らかに減収だが、議員なり、閣僚なり、行政官なりのポストを兼ねることで、それも十二分に埋め合わせられる。ああ、贅沢が望みだろうと簡単には決めつけられない。

「それでは大司教猊下《だいしきょうげいか》、なんなのです」

「つまり、その、なんと申しますか。十分の一税がなくなった、土地財産も取り上げられたでは、もう自前で予算が組めなくなる、それは屈辱的な話だと、そう論じる向きがあるわけですな」

「確認させていただきますが、猊下、大切なのは『自前で』という点なのでございますね」

ボワジュランは頷《うなず》いた。ええ、まあ、そうです。同額の給金を手にするのでも、聖堂の金庫から出された銀貨と、役所の金庫から出された銀貨では、意味が違うといいますか。

微笑で相槌《あいづち》を打ちながら、タレイランは思う。大分わかってきた。そうか、連中は自分たちの手で、自分たちの好きにやりたかったのだ。誰の指図も受けたくないし、どこの監査も入れたくないというわけなのだ。

「しかし、そういう御話《おはなし》であられますと、いや、まいりましたなあ」

と、タレイランは続けた。実を申しますと、昨日の議会の大混乱を受けて、夜には教会改革委員会ならびに十分の一税委員会が、合同で検討会に臨んでいたのです。その出席者が全員一致したところ、いよいよ毅然《きぜん》とした態度を示すべきではないかと。

「そう申されますのは」

「ううむ、そうですなあ……。どうだろう、うむむ……。わかりました。ボワジュラン猊下とみこんで、特別に御教《おおし》えいたしましょう。教会改革委員のマルティノー議員は、明日四月二十一日の議会で、聖職者民事基本法の制定を提案する予定です」

「その聖職者民事基本法とは……」

「ゆくゆくは憲法の一部となるべき法文ですが、憲法のほうが目下制定作業中で未完ですので、ならば先に聖職者民事基本法だけでも定めておこう、いいかえれば、新しいフランスにおける教会の位置づけだけでも、明確な法律の形にしておこうと、そういう趣旨でございます」

「趣旨そのものに反対するではありませんが、その新しい位置づけとは……」

「なにも特別な話ではありません。これまでの議会でも、たびたび審議されてきたような話です。例えば、ええ、先ほどから話題にしてきた聖職者の俸給制なども、法律の柱をなすものとして盛りこまれることになりましょう」

「はあ」

ボワジュランの顔が暗く沈んだ。サン・トノレ通りに持ちかえるほどに、いっそう激しく反発されるだけだと思うのだろう。というより、口にもできない。あのアンチ・キリストと談合した汚らわしい裏切り者と、たちまち非難の的になる。ですが、大司教猊下、こういう話にすれば、どんなものでしょうかな。

「予算の計上から配分までを各司教の裁量に一任すると、そういう形を取ることは可能かと思いますが」

切り出しながら、タレイランは疑わなかった。これでボワジュランの顔は晴れるに違いない。伝言されれば、反対勢力も態度を軟化させ、教会改革が一気に進展するに違いない。なにせ、やかましいことはいわない、これまで通り自分たちの好きに金を使うがよいと、そこまで譲歩を示したのだ。

「はあ」

ボワジュランは暗い顔のままだった。それについては、ええ、司教たちに意見を聞いてみることにいたします。それでオータン猊下、聖職者民事基本法で定められる新しい教会の位置づけというのは、他には……。

「えっ、ああ、他には、そうですね。例えば無駄な出費を抑えるために、聖堂参事会員だのなんだのという、肩書だけで実体のない聖職禄は廃止してしまうとか、そうそう、経営の合理化といえば、なにより教区の再編統合なども盛りこまれる予定です」

「そ、その教区の再編統合というのは」

「現在フランスに百三十五ある司教区が、八十三に減らされます。司教の数が減る分だけ司教俸給の節約になりますから。そのうちの大司教も現在の十八人から十人程度まで減らそうかと、そんな風に委員会では考えているよう……」

「ちょ、ちょっと待ってください。八十三というのは……」

「県の数と同じですよ、猊下」

先んじて答えたのは、ミラボーだった。我らがプロヴァンス州、いや、州《プロヴァンス》は廃止されましたから、もっと細かくなって我らがブーシュ・デュ・ローヌ県ですか、いずれにせよ、その行政区が同時に大司教区ということになるわけです。

「エクス・アン・プロヴァンス大司教区になるか、アルル大司教区になるか、それは微妙な問題ですがね」

ミラボーに結ばれると、ボワジュランは確かめるような、というより嘘だといってほしいと縋《すが》るような目を、こちらに向けてきた。が、なにが不可解なのだろう。なにが納得できないのだろう。私のほうこそ意味がわかりませんとばかりに、タレイランは肩を竦《すく》めてみせた。

「ああ、そうか。司教の数が減らされすぎていると、それはミラボー伯爵の説明の通りでございます。ええ、大司教猊下、それは不本意と……」

「いえ、いえ、そういうことではありません。合理化ということなら、ええ、司教が減るのは仕方がない話でしょう。ですが、八十三というのは……」

「なにか不都合でも」

「不都合というわけではありませんが……」

そのままボワジュランは沈黙に後退した。が、納得できたわけでもないらしく、一通りでない狼狽《ろうばい》が額に浮かぶ脂汗になっていた。それを拭《ぬぐ》おうと、忙《せわ》しなく往復するハンケチを眺めながら、タレイランは再び心に吐いた。わからない。どういう不都合があるのか、皆目わからない。

タレイランは舌打ちしそうになった。が、その前にミラボーが受けた。

「県と同じでは面白くないということですか、ボワジュラン猊下」

「面白くないと、そういう幼稚な言葉を使われてしまいますと、なんとも面目ないのですが……。まあ、そうですな。県と同じでは確かに面白くありませんな」

「そう申されましても、県と司教区、郡と司祭区というように、行政管区と教区を対応ところまで、下がってしまうような気がするわけだ」

タレイランは何度か目を瞬《しばた》かせた。聖職者が上で、役人が下だと。だから、一緒にされたくないだと。

「聖職者という位が特別でなくなってしまうからだ。行政管区と同じでは、役人と同じ

「どうしてかね、ミラボー」

「だから、タレイラン、それが面白くないというのさ」

させていけば、なにかと便利なのではないですか」

そんな風に考えたことはなかった。というより、聖職者民事基本法の試案にあっては、胡散臭《うさんくさ》い聖職者も向後《こうご》せめて議員と同じくらいの正統性を誇れるようにと、わざわざ頭を捻《ひね》ったくらいなのである。

「法案では聖職者の任用も、選挙方式で進められるとしたのですが……」

「選挙ですって」

ボワジュランが即座に反応した。いや、失礼しました。いくらかは驚きましたが、ふむ、選挙については、頭から反対というわけではありません。管区の司祭たち、助祭たちが投票して、上役の司教を選ぶということになれば、確かに民主的でありますな。ええ、そういう新時代の習慣が、教会にも早く根づいていてくれれば……。

「違います」

と、タレイランは答えた。確かに民主化されますが、投票の権利があるのは一般の市民です。能動市民《アクティフ》と限定されてはしまいますが、聖職者か、平信徒かと、そういう区別は設けられません。

「ええ、これからの聖職者は役人と同じ管区で、議員と同じに選ばれるわけです」

いよいよもって、ボワジュランは絶句した。が、その絶句の意味が、タレイランには全然わからないというのだ。

23——聖性、そして神秘

あるいは説明不足なのかと、タレイランは言葉を続けた。いずれにせよ、教会はフランスという国家と不可分になります。ローマ教皇に叙任を求めることなども、厳に禁じられることになります。

やはり無言ながら、今度のボワジュランは、さっと目を向けてきた。声高に抗議したも同然だった。こちらもこちらで、タレイランはわざとらしいくらいに声を裏返させた。

「大《だい》司教《しきょう》猊下《げいか》は、もしや教皇権至上主義《ウルトラモンタニスム》を奉じておられるのですか」

教皇権至上主義とは、カトリック教会の長であるローマ教皇に、無条件の優先権を与える考え方のことである。

フランスのとある司教区で、なにか問題が起きたとして、その解決処理に際してはローマ教皇の意向が、フランス王の意向や、あるいは議会の意向と異なっていたとしても、やはり勝るということになる。

「そういうわけではありません。むしろ拙僧はガリア教会主義《ガリカニスム》のほうです。ええ、議会に国教宣言を求めたくらいなのですから、それは当然でしょう」

と、ボワジュランは答えた。こちらは国際組織カトリック教会にあって、ガリア、つまりはフランスの国内教会の独立性を重んじる考え方である。ローマ教皇の至高の地位は認めないではないながら、実態においては独自の判断を全うする立場になる。

「ええ、ええ、オータン猊下も御存知のように、フランスでは聖職者の大半がガリア教会主義を取るわけですから」

「だったら、大司教猊下、なにも問題ないではありませんか」

タレイランは畳みかけた。ガリア教会主義というのは、たいへん大雑把な言い方をすれば、カトリック教会という括《くく》りよりも、フランスという括りのほうが重要だと、そういう考え方なわけです。ともにあるべきは、ローマ教皇庁でなく、フランスという国家のほうだ。とすれば、県と司教区が、郡と司祭区が重なり合うというのは、ごくごく自然な帰結ということができます。

「同じく、フランスの聖職者が顔を向けるべき先はローマではない。フランスの人民です。だとすれば、この国の聖職者がローマ教皇に選ばれるのは、おかしい。フランス人にこそ、選ばれなければならない」

おお、おお。嘆くような声と一緒に、ボワジュランは指で十字を切っていた。ぷる、ぷると頬を二度ばかり痙攣《けいれん》させ、明らかに追い詰められていた。ああ、これでよい。

タレイランのほうにも、はっきり追い詰める意図があった。こたびの教会改革は、あくまで国内問題に留《とど》めなければならない。反対派の聖職者たちが、ローマ教皇に上訴するような運びになっては、それこそ厄介な話になる。

「教皇権至上主義とガリア教会主義が激突すれば、このフランスにシスマ（教会大分裂）が起こります。大司教猊下ともあろう方を相手に、確かめるまでもない話ではございますが」

「ええ、ええ、それは承知しております。それだけは避けたいとも考えております」

「聖職者民事基本法に話を戻しますと、いうまでもなく、ローマ教皇庁への上納金の制度も廃止されることになります」

「経費削減が第一の目的なわけですから、ええ、それは仕方ありません」

ボワジュランは再び額の汗を拭《ふ》いた。ええ、ええ、拙僧たちとしても、ローマに良い顔をしたいと思うわけではないのです。

「とはいえ、聖職者が人民の選挙で決まるというのは、やはり馴染《なじ》まないかと……」

「馴染む馴染まないの問題ではありますまい。それが理にかなう話であれば、我々としても馴れる努力をするべきでしょう」

「それはオータン猊下の仰《おつしや》る通りなのですが……」

タレイランは苛々《いらいら》してきた。まったく理屈が通らない。面白くないとか、馴染まないとか、ボワジュランときたら話という話が、漠然とした印象論の域を出ないのだ。

「はっきり仰ってください。選挙の全体なにが問題だというのです」

そうやって強く迫ると、今度は黙りこんでしまう。かわりに答えたのが、再びのミラボーだった。もしかすると、大司教猊下、下から選ばれるのは納得できない、聖職者は上から選ばれるべきだと、そういうこだわりであられますか。

ボワジュランは顔を上げた。その充血した目は、まるで救いでも得たかのように、輝く涙に潤んでいた。ミラボーは淡々として続けた。ええ、わからないではありませんな。

「なんとなれば、カトリックの信仰では、神、聖職者、信徒と、天から地へ、つまりは上から下へと降りてくる序列がある。その教えも、神から聖職者へ、聖職者から信徒へと、やはり上から下に降ろされる。にもかかわらず、聖職者が選挙で決まる、信徒の思惑で決まるということになると、その決定は下から上に昇る形になってしまう」

「それが面白くないし、馴染まないということですか。聖職者を任用するときも、上から下の流れで行われなければならないと」

タレイランが受けて確かめると、ようやくボワジュランは晴れた顔で頷《うなず》いた。そうなのです。そうなのです。もちろん、だからといって、ローマ教皇に頼るつもりはありません。聖職者の選挙に反対というわけでもなく、ええ、ええ、場合によっては人民の判断で選んでいただいても構わないのです。

「ただ、その結果を教会が自ら祝福する手続きばかりは設けていただきたい」

と、ボワジュランは打ち上《あ》げた。聖職者を任用するのは信徒でなく、あくまでも教会なのだという形なりとも整えていただきたい。繰り返しますが、それがローマ教皇である必要はありません。

「ただ、その役割を果たすものとして、仮にフランス教会会議とでも呼べるような、聖界の最高意思決定機関を、新たに設けていただきたい」

実を申せば、議会に国教宣言を求めたのも、フランス教会会議を設立したいがためでした。ええ、教会会議が選挙結果を洗礼する、選ばれた聖職者を正式に叙任すると、そういう話にしていただけるなら、拙僧としても問題打開の突破口として、サン・トノレ通りの仲間に持ち帰りようがあります。そうボワジュランに続けられて、ミラボーは受けるのだ。

「なるほど、それは確かに妥協点ですな」

会話が成立していた。が、その同じ会話がタレイランには少しも理解できなかった。どうして、なるほど、なのだ。教会会議とやらが事後承諾で祝福したからとて、聖職者が選挙で決まることには変わりないではないか。なにより、どうして、妥協が成立するのだ。そんな欺瞞《ぎまん》を持ちかけられて、どうして頑迷な反対派が納得するというのだ。

わからない。私には、わからない。なのに、ミラボーには理解できる。そのことがタレイランには業腹《ごうはら》だった。

「なんなのです。なにが違うというのです。どんな差があるというのです」

「聖性です」

ボワジュランは、はっきり答えた。あるいは聖職者が持てる神秘性というべきでしょうか。ええ、神の僕《しもべ》は理路整然としていてはならないのです。容易に見通すことができない、神聖かつ神秘の衣をまとわなければならないのです。

「であるならば、その位を地上の人間から与えられるべきではない。その人望ゆえに自分たちの羊飼いであってほしいと、迷える羊たちに仮に望まれることがあったとしても、聖職者として任用する主体は神、あるいは神の地上における代理者でなければならない」

「さっきの自前の会計で暮らしたいという話も、そこなのさ」

話を戻して、ミラボーが補足した。あからさまに予算を組まれて、国家の俸給を受けるのでは、あまりにも神秘がない。どうやって暮らしているかなど、聖職者は信徒にみせたがらないものなのだ。

「できることなら、食べない、糞《くそ》もしないと、そう思われたいくらいだ」

「しかし、ミラボー、そんなものは、まやかしにすぎないぞ」

「まやかしこそ、宗教じゃないのかね」

「しかし、それでは……」

「はかりしれない神秘に昇華すればよいのです。手続きにすぎないといいながら、それを経ることで、はっきり前とは異なる聖性を帯びることができればよいのです」

そうして高められた僧侶《そうりよ》を、誰より信徒が歓迎するものなのですよ、オータン猊下。そうボワジュランに結ばれて、できることならタレイランは、その場で唾棄《だき》してやりたかった。


——はん、きさまとて、神など本気で信じているわけではあるまいに。

もとより、教会が与えた聖性などで、人間が高まるわけがない。それどころか、私は許されざる侮辱を加えられている。なればこそ、今こそ罰を受けろという。私がフランスに君臨するための、またとない供物《くもつ》となれと命じている。そこまで胸に続けて、ようやくタレイランは息を抜くことができた。

——なるか、供物に。

突破口がみえていた。その意味は依然釈然としないながら、もうタレイランにはどうでもよかった。とにかく、聖性さえ拵《こしら》えてやればよいのか。神秘さえ工面してやればよいのか。フランス教会会議とやらを新設して、それが万事に祝福を与える形さえ整えてやれば、もう誰も教会改革に反対しなくなるというのか。

「わかりました、ボワジュラン猊下。フランス教会会議設立の一件は、拙僧ども委員会のほうで検討いたします。そのかわりと申し上げるのも、なんなのですが……」

タレイランは声を潜めた。聖職者民事基本法の可決に向けて、猊下も協力していただけますね。ボワジュランはといえば、再び指で十字を切った。

「イン・マヌス・トゥアス・ドミネ・コンメンド（主《しゅ》よ、汝《なんじ》の御手《みて》に委《ゆだ》ね奉り）」

意味不明のラテン語をぼそぼそ唱えて、それが聖職者の神秘ということらしかった。

24――モンモラン報告

五月十四日、外務大臣モンモランは憲法制定国民議会議長トゥーレ宛《あて》の書簡を通じて、その事件に関する報告を行った。

新大陸アメリカはカリフォルニア海岸に、ノートカという港湾がある。スペイン王国の海外領土だが、この要衝を征圧する意図があったとして、管轄の総督は先ごろ四隻のイギリス船を拿捕《だほ》した。が、そんなものはいいがかりにすぎないと、こちらのイギリス王国も抗議の声を上げながら、すぐさま報復のための艦隊を動員した。そう説明されれば、一触即発の危険な事態は想像に難くなかった。

――とはいえ、しょせんは遠国の、しかも他人事《ひとごと》ではないか。

ロベスピエールは目を瞬《しばたた》かせた。モンモランは全体なんの話をしているのだと、議会全体としても、はじめは首を傾《かし》げるばかりだった。とはいえ、それも王家の血縁に注意を喚起されるにつれて、だんだんとみえてくる。

一七六一年に結ばれた血族協約以来、スペインはフランスの友好国だった。その王家もブルボン家、つまりはフランス王家の傍流だったからだ。ノートカ事件はいわば分家の危機であり、本家の総領ともあろうルイ十六世としては、ひたすら高みの見物というわけにはいかないのだ。

国王政府は大西洋ならびに地中海沿岸諸港に停泊中の戦艦、総数十四隻に出港待機命令を発した。イギリス艦隊の動きを牽制《けんせい》することで、新大陸における紛争の本格化を抑止する、と同時に戦火がフランス海外植民地に飛び火することを未然に防ぐと、それが動員の狙《ねら》いである。

「かかる政府の措置について、憲法制定国民議会は是非にも承認なされたいというのが、外相モンモラン閣下の手紙の趣旨でありました」

と、議長トゥーレは議会にかけた。さらに手紙に加えられていましたところ、事後承諾になってしまったのは、ええと、「国王陛下は国民の代表《プレジダン》であられる諸氏が胸奥に燃やしておられる愛国心の強さに露ほども疑いを覚えなかったがために、援護の兵力を組織するという緊急事態でもあれば、前もって了解を取りつけずとも理解は得られるだろうと判断した」からだそうであります。

ロベスピエールも認めるところ、なお由々しき事態というわけではなかった。少なくとも今のところは、ブルターニュのブレストとか、ポワトゥーのラ・ロシェルとか、プロヴァンスのトゥーロンとか、パリから遠く離れた軍港が幾らか騒がしくなっていると、それだけの話である。あちらの国王政府としても、あとで文句をいわれたくないので、念のために断りを入れてやったと、それくらいの気分にすぎなかったろう。

翌五月十五日から審議にかけられたが、こちらの議会としても、はじめは特に大騒ぎするではなかった。

最初の発言者は、ケルシー管区の貴族代表議員ビロン男爵だった。その提案というのが、議長を国王陛下の面前に派遣し、植民地の安全と貿易路の確保のために迅速な対応をなされ、かつまた講和周旋の道を用意なされたことに謝意を示すとともに、海軍に必要な物資についても具体的に議会に上程してくれるよう進言させるべしと、国王政府の決定を手放しで支持する内容だった。

もちろん右派ゆえの態度なわけだが、議会の多数派を占めるブルジョワ議員たちにしても、とりたてて異議を差し挟むではなかった。

「ところが、そう簡単に考えてもらっては困るのです」

ジャコバン・クラブの結論は別だった。十四日夜の議論で掘り起こされた問題点は、事件の是非というより、行為の是非を論じるものだった。見落とさずに指摘して、たちまち議論を深化させたのが、議会でも「愛国派」の名で知られている左派の大立者、アレクサンドル・ドゥ・ラメットだった。

ラメットによれば、問題点はふたつである。ひとつは状況に関する問題で、憲法制定国民議会は国王政府の事後報告に満足せず、軍隊発動の理由、状態、正当性等々について常に正確な情報を寄せられ、その是非を事前に判断できる立場にあるべきだとする発議だった。

「これと関連して、もうひとつは、より根本的な原理原則の問題になります。海の向こうの交戦模様を聞いたからと、さっさと艦隊の準備を進めてしまうという今回のような勝手を、向後《こうご》も王に許してよいものか」

すぐには理解できなかったのだろう。そう質《ただ》されても、はじめ議会は沈黙をもって応じるしかなかった。が、数秒の空白さえ置けば、やはり怒号さながらの野次が満ちた。不穏な空気だけは、過たずに察知できたからだ。不敬とも取れる物言いだけで、もはや右派としては認めるわけにはいかなかったのだ。

「全体なんの話をしているのだ」

「戦争こそは王の仕事ではないか。フランスのために、不埒《ふらち》な外国の勝手を許さず、また度を越した際には果敢に打ち果たしてくれてこそ、フランスの王というものではないか」

もちろん、こちらのラメットも引かなかった。というより、それだからなのです。

「宣戦布告する権限、ならびに講和終戦する権限というものは、これまでは国王大権のひとつとされてきました。条約を結んだり、諜報《ちようほう》を行ったりすることを含めた外交の大権は、最も重要な権限のひとつだったかもしれません。ええ、それこそフランス王がフランスの主権者であり、国の代表であったことを象徴する権限だった」

「だから、ラメット、なにが、いいたい」

「今やフランスの主権者は国民だというのです。宣戦講和の権限とても異論の余地なく、もはや国民のものなのです」

ロベスピエールにいわせれば、右派は頑迷なばかりだった。そこまでラメットに明らかにされて、なお野次り倒せると考えていたからだ。

「いや、いいがかりをつけるような真似《まね》は控えたがよろしい。瑣末《さまつ》な齟齬《そご》を穿《ほじく》り返して、それを大きく取り沙汰《ざた》したからといって、実りある議論にはなりませんぞ」

「瑣末な齟齬ではありません。アンシャン・レジームに戻るのか、戻らないのかという重大な問題です」

「これからは議会が戦争をするというのか。議員が軍隊を動かすというのか。はん、馬鹿らしい。新生フランスにおいても、国権の執行者は王ではないか。そのことは議会でも確認されているではないか」

「ですから、戦争をするのは王です。が、戦争をするか、しないか、それを決めるのは国民であり、その代表である議会であるべきなのです。王は武力を発動する前に……」

「外交防衛は急を要する。そんな悠長なことをいってられるか」

「ということは、議会は宣戦講和の権限まで王に委任するという考え方なのですか。王の利害と人民の利害が、いよいよ反するようになってきているにもかかわらず、そうなのですか。というか、そのあたりの議論を詰めずに、曖昧《あいまい》なままにしておいては……」

「困るかもしれないが、そんな横道の議論にあてる時間などなかろう。大西洋の彼方《かなた》では今この瞬間にも……」

「いや、横道ではありません。むしろ、これこそが本道だ。なんとなれば、現下の議会は憲法制定の作業を進めているのです。宣戦講和の権限は本源的に誰のものなのか。その行使においては、誰が行為の主体となるのか。あるいは誰かに委任できるものなのか。これは明らかに憲法制定上の命題といえるものなのです」

最優先で議論が尽くされなければならない、モンモラン報告が問題なのではない、それはきっかけだったにすぎないと、それがラメットの発議だった。

――異論の唱えようなどない。

正論だからだ。本筋だからだ。同じく左派のロベスピエールは、さかんな野次が徐々に引けていく様を、一種の快感をもって見守った。が、同時に気になったところ、ざわつきばかりは容易に収まろうとしなかった。

不服げな表情は、頑固な右列だけではなかった。議席の大半が表情を曇らせ、中道穏健派の立場でも、やはり戸惑いは禁じえないようだった。

――余計な悶着《もんちゃく》は起こしたくないということか。

あるいはブルジョワたちには端《はな》から関心の外なのか。戦争など、どうでもよい。王の目が外に向くなら、宣戦講和の権限くらいくれてやっても構わない。今は国内に富者の天下を築くのが、最優先の課題なのだ。そうした本音を隠しながら、なおかつ議事の進行をも掌握したいと思うならば、選ぶべき言葉は賛成でも反対でもなく、誰ひとり退けないという意味では穏便でさえある、その便利な一語をおいて他にはなかった。

「ええ、ひとまずは審議延期を提案いたします。憲法制定上の命題だというならば、簡単に答えが出るような話ではない。安直に答えを出してよいものだとも思えない」

ヌムール管区選出議員デュポンが投げかけると、右派ならびに中道の議員たちの間では、みる間に審議延期の論調が大勢を占めてしまった。アランソン管区選出議員グウピ・ドゥ・プルフランなど、議員各自が勉強、意見を固めるためには、少なくとも三週間は必要だろう、などと声を高めたほどだった。

――三週間たてば、うやむやになるとでも思うのか。

そんな誤魔化《ごまか》しを、左派が認めると思うのか。ロベスピエールは歯嚙《はが》みした。仮に他が沈黙しても、自分だけは我慢しないとも心に決めた。なんとなれば、審議を延期してよいどころか、これこそ一刻を惜しんで急ぎ決議されるべき問題なのだ。

——宣戦講和の権限が与えられれば、王は自分の意思で軍隊を動員できる。その武力は常に外国に向けられるとはかぎらない。国民を再び武力弾圧しかねない。かかる専制の芽は今すぐ摘んでおかなければならない。審議延期の決が採られそうな議会に、ロベスピエールは飛びこんだ。発言を求めます。発言を求めます。宣戦講和の権限が誰に帰属するものなのか、やはり国民議会は明確に定めておかなければならない。

「それも今すぐに、です」

25——審議延期

議席は怒るというより苦る、つまりは迷惑そうな不機嫌顔ばかりだった。野次もやっつけるというより、ブツブツ不平を零《こぼ》すに近い。

「なんだ、せっかくまとまりかけたのに」

「どうして今すぐだ。なぜ急がなくてはならないのだ」

「納得の理由を示してくれるんだろうなあ」

ロベスピエールは緊張した。今すぐにと心が切迫するというのは、このまま戦争が起これば、また王の人気が高まりかねないと、そうした危惧《きぐ》さえあるからだった。ああ、フランス艦隊が出動し、イギリス艦隊を撃破することにでもなれば、そのときルイ十六世は英雄だ。

——大衆の支持を奪われてはならない。

それこそは政局の鍵《かぎ》なのだと、ロベスピエールは確信を深めていた。真に偉大なるは民衆の力だ。それを味方につけたまま、革命を前進させる推進力としなければならないのだ。

――逆に王に味方されては、アンシャン・レジームに戻りかねない。

とはいえ、そうした本音を声に出すわけにもいかなかった。ロベスピエールは発言を許され演壇に歩を進めるや、まず落ち着けと自分に言い聞かせることから始めた。こんな心細い場所に独り上げられて、議場の皆の目が注がれているからといって、いつまでも一本調子の全力投球では通らない。ああ、きんきん声を張り上げて、ただ思いのたけをぶつければよいというものではない。ええ、そうなのです。今すぐというのは、いうまでもなく、おかしな戦争が始まってしまう前にという意味です。というのも、すでにモンモラン報告に矛盾が表れているではありませんか。

「なるほど、大西洋の彼方で二国が争っているらしい。フランスは、そのうちスペインのほうに味方する。スペインは身内だからというのですが、はて、私はフランスも北のアラス出身なものですから、スペインは遠い。あの国に親戚《しんせき》なんかいたかなあ」

惚《とぼ》けた言葉遣いに、何人か議員が噴き出していた。演説に冗談口を利かせることができて、いいぞ、いいぞと、ロベスピエールは我ながらの興奮を禁じえなかった。いや、ふざけたわけではありませんよ。なにをいいたいかと申しますと、ノートカ事件という同じ出来事から導き出す結論も、国王陛下ならびに内閣が導き出すそれと、私たち国民が導き出すそれとでは大きく異なるということなのです。

「なるほど、ルイ十六世陛下はブルボンの身内を放ってはおけないでしょう。ですが、大方のフランス人にとっては、やはり他人事だ。ならば、相争う理由も詳《つまび》らかでないような戦争に加担するより、平和を保つことのほうを望むでしょう。我々議員としても、戦争のために新しい税金を決めるとか、軍隊に武器携行を命令するとか、そんなことより、より強い望みがあるのではありませんか」

そこでロベスピエールは一拍置いた。見渡していた議席から、ついと目を外した刹那《せつな》に、知らず意識していたのは、ミラボーが演説に駆使する絶妙の仕種《しぐさ》だった。ああ、道を違《たが》えてしまったとはいえ、あの雄弁家に学ぶところは多い。考え方は容《い》れられなくても、技術は盗まなくてはならない。

再び言葉を発するときには、手ぶりくらいは交えて然《しか》るべきだった。ええ、そうなのです。例えば、こう宣言することです。

「戦争など望んでいないと。フランス国民は勝ちえた自由に満足していて、新たな争いに加担しようなどとは思いつきもしないと。ルソーの自然が命じるところの兄弟愛において、あらゆる国民と共生することが望みなのだと」

未《いま》だ不幸な軛《くびき》に繫《つな》がれた諸国民に伝えましょう。また向こうも我々と戦いたいとは思っていません。なんとなれば、それが自由と世界幸福の発祥の地であるがゆえに、フランスの国民を護持することこそ、全ての国民の利益であり、希望であるからです。続けるほどに、ロベスピエールは息詰まる苦しさに堪えなければならなくなった。

感動がこみあげてきた。理想の世界が今にも実現する予感があった。ああ、戦争など必要ない。人は争うべきではない。少なくとも武力を用いた闘争などは軽蔑《けいべつ》されるべきだ。

「ロベスピエール君の発議を今すぐ諸外国に輸出するべき旨を緊急動議いたします」

飛びこんだ野次に、どっと議場が沸いていた。右派だ。立ち上がり、役者のような手ぶりで喝采《かっさい》を受ける風な議員は、確かカイリュス公爵とかいう貴族代表だった。

ふざけるな。真面目《まじめ》に聞け。そんな風では反革命の嫌疑をかけられかねないぞ。左派の仲間が援護に野次りかえしてくれたので、ロベスピエールは演説を続けることができた。が、もう冷静ではいられない。かっと頭に血が上り、きんきん甲高い地声を張り上げることしかできない。あなたたち、あなたたち、国家国民の幸福を図るは内閣の仕事であると決めつけて、あなたたちの古くさい頭では、もう他の考え方ができなくなっているのかもしれませんが、こと戦争に関しては、ええ、戦争に関してだけは、そうと決めつけるわけにはいきませんよ。

「なんとなれば、戦争とは常に専制君主を守るための営みだからだ」

ロベスピエールは強引に打《ぶ》ち上げた。それを迎えた右派はといえば、やはりというか、げらげら笑い声を大きくするばかりだった。なんなのだ、その決めつけは。暴論極論の類《たぐい》にしても、ほどがある。

「確かに古くはないが、君の頭のほうは少し新しすぎるのじゃないかね」

大きくなるばかりの笑い声に、ロベスピエールは赤面した。馬鹿にされたと思うほど、視野が狭くなってきて、くらくら目眩《めまい》まで覚えた。

が、これではいけない。ここで止《や》めるわけにはいかない。ええ、実際そうなのです。議会が宮廷の主張を歓迎して容れるなら、でなくとも優柔不断な態度で放置するなら、閣僚の手に恐るべき権力を残すことになるのです。その直後から我々は怯《おび》えて暮らさなければならなくなる。単に国民の思いに反するだけではなくなるからです。外国の宮廷と通じて、反革命の陰謀が画策されてしまう可能性だって、ないわけじゃないのです。

「ええ、大いにありえますよ。フランスの偉大な先例に倣《なら》おうという国民は少なくない。それを余所《よそ》の専制君主たちは断固弾圧したいわけです。『害毒』の根源であるとして、できればフランスの国民までも征服したいわけです」

そうロベスピエールが続けると、今度の議場は野次で報いてこなかった。中央のブルジョワ議員たちが俄《にわ》かに表情を硬くしたのみならず、それまで馬鹿にするかの勢いを示していた保守派の面々にいたるまで、全てが沈黙に後退していた。なるほど、それは原理原則の話でも、大袈裟《おおげさ》な仮定の話でもなく、それどころか、ありうべき現実の危惧だった。

ロベスピエールは少し自信を回復した。いいぞ。いいぞ。その危惧を議会に思い出させたことは収穫だ。ああ、それなら、今こそミラボー流の皮肉でいくのだ。ええ、ええ、もっとも私などは詳しいほうではありません。

「諸外国の事情なら、私よりずっと通じておられる方が、いらっしゃるのではないですか、この議会には」

いよいよ右派は俯《うつむ》いた。革命に理解を示す開明派であるとはいえ、多くが貴族の出自だからだ。そのフランス貴族の大半は、今や外国に亡命しているのだ。

「そこから捲土重来《けんどちょうらい》の機会を窺《うかが》っている」

わけても守旧派の急先鋒《きゅうせんぽう》といわれた王弟アルトワ伯は、北イタリアのトリノに逃れて、義父であるサルディニア王の協力を取りつけていた。フランス各地に潜伏している配下と連絡を密にして、武力蜂起《ほうき》を計画しているとも、いざ行動に移されれば教会改革に不満を隠さない聖職者が全面的に協力するであろうとも、不穏な噂《うわさ》は絶えなかった。

残された王はといえば、こちらも意図して無謀な宣戦布告を行って、諸外国の軍隊をフランスに呼びこむつもりだとか、それを率いるアルトワ伯と協力して、革命勢力を一気に根絶やしにするだろうとか、やはり様々に勘繰られていないではない。

「だからこそ、私は問いたい。このフランスが諸外国に蹂躙《じゅうりん》されても、よろしいのかと」

そう演説を結ぶと、左派の列から拍手が起きた。いや、じわじわと音は広がり、みればの中央に陣取るブルジョワたちまで、さかんに手を打ち鳴らし始めたではないか。なるほど、外国の軍隊が攻めこんでくる事態だけは勘弁してもらいたいと、せっかく打ち立てた富者の天下も、それでは元も子もなくなると、そういうわけだ。

ふう、とロベスピエールは息を抜いた。私の演説も、なかなかのものだ。ああ、やれば、できるのだ。胸の理想も伝え方ひとつなのだ。あとは議決に運ぶだけだと、急ぎ働きかけようとしたときだった。

「議長」

そう呼びかけたのは、ロベスピエールではなかった。ああ、声からして、まるきり厚みが違う。ハッとして目を飛ばすと、ずんと議席から抜きん出ていたのは、獅子《しし》のたてがみを彷彿《ほうふつ》とさせる白い巻毛の鬘《かつら》だった。

――ミラボー伯爵が……。

議場の空気が一変していた。なにかが始まる。なにかが決まる。正面きって論戦を挑もうが、脇《わき》から野次を飛ばそうが、ミラボーを止めることなど誰にもできない。

「なんとなれば、登場したのは本物なのだ」

思わず呻《うめ》いてしまってから、ロベスピエールは再び赤面を強いられた。いや、私が偽物ということではない。私は私なりに真面目だ。かえってミラボーより真面目なくらいだ。それでも……。

ミラボーは演壇に近づいてきた。発言を許可されたわけではなかったが、そのことに気づいて慌てたのは議長トゥーレのほうだった。発言を許可します。発言を許可します。やはり役者が違う。譲るのが当然のような気がしてしまい、また演壇のロベスピエールも後ずさりした。してしまってから憤然として、どうしてだ、どうして譲らなければならないのだと自問するも、聳《そび》え立つ巨体に組みつくほどの気力は湧《わ》かない。しかし、このままでは……。

「急ぎ議決することはありますまい」

それがミラボーの第一声だった。憲法制定作業も真っ最中ということであれば、これだけ重要な命題について、徒《いたずら》に審議を延期することは確かに好ましくありません。が、ですから、憲法は未だ未完なわけであります。少なくとも暫定的には、王は戦艦の用意を命じ、予防的措置を取る権利を有している。予防的措置に留《とど》まっているうちは、戦争と大騒ぎするほどの話ではない。王は勝手な真似《まね》をしたといいますが、艦隊動員の事実を議会に報告し、きちんと協賛を求めてきているわけです。それを我々は拒否することだってできる。陰謀を画策するのだとしたら、もとより議会に報告などしないでしょう。

「私が心配するのは、むしろ国民の動揺のほうです。論じているのは宣戦講和の権限であるにせよ、こたびの艦隊動員という事実を大きく取り沙汰してしまっては、国民が慌てかねません。イギリス、スペイン、それにフランスを加えた三国関係が、どうやら洒落《しゃれ》にならないくらいに緊張してきたようだと、ことによると大戦争に発展しかねないと、そう心配せずにおられないわけですな」

これでは国内の混乱を招きかねない。せっかくの改革も実行が遅れかねない。それを回避するという意味においては、ラメット提案に関する審議延期も認めるべきなのではないかと。そう結ばれれば、事なかれ主義のブルジョワ議員たちは、今度こそ迷いのない拍手喝采になった。もはや投票にかけるまでもなく、議長トゥーレは次のような宣言を採択した。

「憲法制定国民議会は議長を即日国王陛下の御前に派遣し、平和を維持するために陛下が取られた措置に謝意を示し、また五月十六日以降の審議においては、宣戦講和の権限を巡る憲政上の問題も議論されることをも、あわせて御報告申しあげる」

26——暗礁

宣戦講和の権限を巡る審議が続いていた。モンモラン報告をきっかけに引き起こされた偶発的な論争ともみえただけに、そのまま流れてしまうかと思いきや、憲法制定国民議会は五月十六日、十七日と連日の審議を費やしたのだ。

かねて予定の議事を後回しにしてまで、その解決に血道を上げることになったのは、あるいは問題が王の利害に関するものだったからかもしれない。

——王なら怖くないと。

まだしも与《くみ》しやすいと、そういうことか。見当をつけながら、ミラボーは皮肉屋の顔で笑った。ふん、そうなると、右派の皆さんも、左派の皆さんも、ずいぶん勇ましい話ではありませんか。

中道ブルジョワの利害に関するものならば、もう手の出しようがない。少なくとも、多数決が物いう議会においては術《すべ》がない。右派、左派ともに、自らの存在感を示せるとすれば、もう王の利害に関する議題だけだと、それだけの話にすぎないのだ。

五月十八日の審議も同じだった。最初に演壇に進んだのがアンジェ管区選出の貴族代表議員プラスラン公爵、次がバール・ル・デュック管区選出の貴族代表議員シャトレ・ロモン公爵で、いずれも右派の議員だった。

王の大権を擁護する主張が二つ続いたあと、遅れず巻き返せとばかりに登場したのが、ジャコバン・クラブも今や左派を代表する論客のひとり、たっての希望で再びの登壇となったマクシミリヤン・ドゥ・ロベスピエールだった。

その演説が今も続いている。ええ、私の前に二人の論者が演壇に立ちました。二議員とも立派な演説をなされたと思いますが、ひとつだけ、看過ならない間違いを口走られました。それを正すことから、私は手をつけたいと思います。

「国民は宣戦の権利を含め、全ての国権を王に委任するべきであると、二議員ともに声を大きくなされました。というのも、王は国民の代表《プレジダン》なのだからと。その『国民の代表』というのが、正しい言葉遣いでないのです。なかなか理解してもらえませんな。王は確かに執行権の長ですが、それは国民の代表ということではない。国民の意思を遂行する単なる吏員、その筆頭ではあるとしても、やはり執行府に属している単なる吏員にすぎないのです」

「口を慎め、ロベスピエール」

「国王陛下に吏員などと、不敬にもほどがあるぞ」

右派からの野次だった。が、ざわめき程度のものは、中道ブルジョワ議員の間からも起きていた。やはり言葉遣いが過激だったということだろう。字面でしかないとしても、今の議会は極端を嫌うということだろう。

「なにが不敬だ。きさまこそ革命という言葉の意味を知っているのか」

「もう誰より偉いのが市民なんだぜ。俺《おれ》たちのほうが主権者なんだぜ」

そうやって左派が返し、追いかけるように傍聴席が騒ぎ出す。外野まで味方につけて、刹那《せつな》の議場は制することができたとしても、その同じ瞬間に多数派を占めるブルジョワ議員の心は逃げていくのだ。

――さて、どうする、ロベスピエール。

議席に腕組みのミラボーは、まずは高みの見物という気分だった。

ロベスピエールは続けた。いえ、私は敬意を欠いたとは思いません。というのも、吏員としての王、それは最高の雇われ人だからです。全体意思を遂行する至高の役職といってもよろしい。国民の代表ではないけれど、国民の代理人ではあられるのです。

「いうなれば、王室の陛下《ラ・マジエステ・ロワイヤル》ではなく、国民の陛下《ラ・マジエステ・ナシオナル》であっていただきたいと、それが私の発言の趣旨だったのです」

ほお、とミラボーは思う。ほお、がんばっているな、ロベスピエールも。がちがちの概念用語か、過激一辺倒の豪語ばかり並べたてていたものが、なかなか、どうして、うまい言葉を工面するようになった。

――が、それでは駄目だな。

とも、ミラボーは見立てた。ああ、駄目だ。これでは議会は動かない。中道ブルジョワ議員たちは眉《まゆ》を顰《ひそ》めなくなるだけで、それだからと、ロベスピエールを積極的に支持するわけではない。

いっそ、きんきん甲高い声を張り上げて、舌鋒《ぜっぽう》鋭くズバズバ切りこんでいくほうが、ロベスピエールらしくて良いような気さえした。過激な言辞に迷いもない、一種の危うさで聞き手を戦慄《せんりつ》させるほうが、かえって効果的ではないかと思うのだ。

というのは、せっかくの苦心の言葉も上辺だけでは、取り入る作為がみえすぎる。

――根本の考え方はといえば、いまだ現実離れしたままなのだから。

ロベスピエールが演説を進めていた。そもそも王室というものには、その大権を強化することに血眼になるあまり、常に戦争の機会を探し、宣戦布告を画策している嫌いが否めません。反対に国民の代表というものは、常に戦争を回避しようとします。

「外国から削りとって、新たにフランスの領土としてみたところで、なんの得にもならないからです。だからこそ、宣戦講和の権限は……」

もうミラボーは聞かなかった。どうして、そう決めつけられる。ロベスピエールときたら、思いこみが激しすぎる。ジャコバン・クラブで議論しすぎたせいなのか、左派の仲間たちに持ち上げられて勘違いしてしまったのか、自分の理想を美化するにも程がある。俺と一緒に動いていた頃には、もう少し見極めが働いたようだったが……。

いや、誰しも究極の確信というものは、直感であり、霊感であり、つまるところは思いこみなのかもしれなかった。それは自分にしても同じだと、ミラボーは認めるにやぶさかでない。が、同時に自戒するに、それを安直に声に出しては終《しま》いなのだと。

ミラボーは沈黙を続けていた。宣戦講和の権限の問題に、興味がないわけではなかった。かえって逆だ。今年に入って最大の議題だとも考えているほどだ。

もとより国王の権能は、最大限に護持しなければならない。わけても宣戦講和の権限だけは譲れない。それというのは、武力を発動できる権能を人民に好きに使わせてしまっては、かえって危険きわまりないからだ。

――女の折檻《せっかん》と同じだ。

暴力を好むわけではない。自分では暴力を憎んでいるとさえ思っている。が、なにかのきっかけで鞭《むち》を取り、その力さえ振るえば手に負えない子供が大人しくなると知ったが最後で、そのあとの女の折檻は際限なくなってしまう。実際に殴り殴られの経験が乏しいだけに、その痛みがわからないまま、どんどん暴力に依存するようになる。

――男は違う。

少なくとも強い男は違う、とミラボーは思う。暴力は否定しない。有効な手段として、常に手中にしておきたいとも考える。が、それを使うのは最後の最後だと、そうも普段から肝に銘じているものなのだ。

事実、ルイ十六世は最後の最後まで暴力を使わなかった。ああ、昨夏の話だ。早々に軍隊を集めておきながら、ただ威嚇《いかく》の効果を狙《ねら》うだけで、なかなか発砲には踏みきらなかった。民衆の蜂起《ほうき》につけいられて、いざ決断したときは手遅れになったほどだ。ああ、バスティーユの陥落が、なによりの証左なのだ。

——武力の発動においては、王のほうが遥《はる》かに穏健だ。

そう確信は動かないながら、ミラボーは沈黙を続けていた。正面きって唱えたところで、これまた通用するはずがないからだ。今や唯我独尊のブルジョワが、素直に認める理屈ではないのだ。

議会の多数派が動かなければ、どんな正義も実現されない。してみると、宣戦講和の権限を巡る審議は、完全に暗礁に乗り上げた格好だった。左派の主張が通るわけがないからだ。右派の主張は話にもならないからだ。

王になど任せられない。後にマリー・アントワネット王妃を迎えることになる、オーストリアとの同盟の都合で参戦させられたものの、七年戦争はフランスにとって損失ばかりだったではないか。いや、国民にこそ荷が勝ちすぎる。スウェーデンやポーランドでは議員が外国に買収される体《てい》たらくで、それこそ議会の判断など国益のためになっていない。そんな調子で、聞くところがあるのは相手を攻撃するときだけだった。

自らの主張はといえば、双方ともに中身がなかった。かたや輝かしい未来を論じ、かたや厳かな過去を振りかざし、どちらも漠たる絵空事に終始して、現実味というものがないのだ。

裏を返せば、具体的な現実さえ提示できれば、右派は直ちに妥協する。中道は安心するに違いないし、あとは左派を懐柔すればよいだけの話になる。

——ならば、懐柔するか。

ミラボーは議席を立ち上がった。その巨軀《きょく》が抜きん出るや、一瞬だけ議場は息を呑《の》んだ。が、とりあわずに出口に向かうと、議場は引き続きの演説に注意を戻したようだった。

ちらとだけ振りかえると、なお演壇に身構える小男が目尻にかかった。ああ、ロベスピエールには是非にも勧めたいものだ。たまには女でも抱いてみたらどうだと。古ぼけた僧院にたむろして、男ばかりに囲まれていないでなと。

——まあ、それも俺の場合となると、たまには悪くないわけだが……。

27──談合

　ああ、男に囲まれるのも悪くない。そう呟《つぶや》きを続けながら、ミラボーが足を向けた先はジャコバン・クラブの集会場だった。

　それは古ぼけた僧院の図書館を改装した、今も黴《かび》の臭《にお》いが残るような広間だった。ほんの数えられるくらいしか、足を踏み入れたことがなかった。ヴェルサイユのブルトン・クラブの頃からの縁で、ミラボーとてジャコバン・クラブの会員だったが、それも名前だけの話だからだ。侃々諤々《かんかんがくがく》の議論に参加したこともなければ、議会での発議を共謀したこともなかったのだ。

　がらんとして、その時刻は人気《ひとけ》がなかった。夕べ前まではこうなのだろうと、それはミラボーも察しをつけることができた。大半の議員が、まだテュイルリ宮の議場にいるからだ。その日の審議が終わり、議員会員がぶらさがりの記者たちを連れて引き揚げてくるにつれて、だんだんと一般会員もジャコバン・クラブに集まり始めるのだ。

まるで死人が息でも吹き返したかのように、古ぼけた僧院が俄然《がぜん》活気づいてくる。あてられて気分を高揚させていると、誰とはなしに議論を始め、それが全体を巻きこんでいく。

「楽しいな、諸君らの毎日というのは……」

「なんですな、ミラボー伯爵」

受けたのは、アドリアン・デュポールだった。

白の鬘《かつら》をかぶるほど弓なりに弧を描く左右の眉《まゆ》が黒々として、生気が余るくらいの印象になる。なるほど、パリ管区選出の貴族代表は、まだ三十一歳の青年代議士だった。

法服貴族の名門の出身で、実際に革命前にはパリ高等法院の評定官を務めていた。その頃から革新的な思想の持ち主で、王家の横暴には度々嚙《か》みついていたし、「三十人委員会」という開明派の結社を組織したりもしていた。

この三十人委員会にはミラボーやタレイランも属していて、その意味ではデュポールも旧知の間柄といえないではなかった。が、タレイランのように一種の親しみを込めて、悪友と切り捨てられるわけではない。あの大貴族とは違う意味で、なんだか御高《おたか》くとまる風が感じられたこともあり、少なくともこちらに懇意という意識はなかった。

ミラボーは答えた。いや、かつての三十人委員会も楽しかったものだ。

「あの頃のように美人の姿がないだけで、やはりジャコバン・クラブもサロンのようなものなのかと、そう仰《おっしゃ》りたいわけですか」

「馬鹿にしてもらっては困りますよ」

あんなニヤけた場所ではない。目的意識が明確なだけ、より真剣な組織ですよ、ジャコバン・クラブは。そう応じたのは、今度はアレクサンドル・ドゥ・ラメットだった。

どうと特徴をいえないほどの端整顔が、自《おの》ずから古い血統を語っていた。ペロンヌ管区選出の貴族代表議員だが、生家が一族から四人も元帥を出しているほどの帯剣貴族の名門だった。

革命前から頻々とパリに来ていたので、三十人委員会に名を連ねた一人でもある。まだ三十歳で、やはり青年代議士だ。兄のシャルル・ドゥ・ラメットもアラス管区選出の議員だが、こちらにしても三十三歳の若さなのだ。

デュポール然《しか》り、ラメット兄弟然り、いくらか距離を感じざるをえないというのは、もう四十一を数えるミラボーからすると、歳《とし》が離れていたせいかもしれない。

「ここに集う人間は少なくとも皆が理想を抱《いだ》いている」

ラメットが続けていた。だからだよ、楽しそうだと私がいうのは。さらりと片づけながらに椅子《いす》を引いて、ミラボーは腰を下ろした。正面に着座していた団子鼻がアントワーヌ・バルナーヴで、こちらは無言で会釈だけ示してきた。

グルノーブル管区選出の第三身分代表は、全国三部会の雛形《ひながた》となるドーフィネ三部会で活躍したことで、鳴り物入りでヴェルサイユに乗りこんできた男である。同じように二十九歳と若いながら、そのまま国民議会でも出色の存在となっている。

向き合えば、やはり緊迫感は漂わざるをえなかった。「デュポールが考え、ラメットが動き、バルナーヴが話す」と称される三人は、いわずと知れた三頭派、左翼愛国派の若き指導者たちなのだ。

こちらのミラボーはといえば、これまた常に議事を左右してきた議会随一の雄弁家であり、かかる面々で会談を持つならば、その結果は多少の差はあれ議会に影響を及ぼさざるをえない。

緊張するわけではなかった。この類《たぐい》の会談はロベスピエールをジャコバン・クラブの代表に担ぎ出したとき、いいかえれば、双方とも政敵と認めるラ・ファイエット侯爵のクラブ締め出しを画策したときにも持たれていた。

「というわけで、我々で話したほうが、今度も結論が早いのではないかと考えてね」

と、ミラボーは始めた。デュポールが受けた。伯爵、その今度の結論というのは。

「議会では宣戦講和の権限について、さかんに議論されているだろう。が、あのままじゃあ、埒《らち》が明かない。右派と、左派が、平行線の主張を繰り返し、かたわら、平原派《プレーヌ》はといえば居眠りだ」

三頭派は三人ながら苦笑を並べた。居眠りは、あながち嘘《うそ》というわけではない。が、多数派を握る穏健派の連中に眠られては、議会は動かないという理《ことわり》も無視できない。

「だから、だ」

ミラボーは続けた。我々で連中を叩《たた》き起こして、さっさと片づけてしまわないか。というのも、ぐずぐずしているうちに、革命一周年が来てしまう。

七月十四日、あのバスティーユ陥落の日付をして、革命の記念日とみなすようになって、すでに久しい昨今である。が、それも気がつけば、じき同じ日付がやってくる。今一七九〇年の七月十四日は、革命一周年というわけなのである。

人類の歴史に刻まれるべき、その偉業を祝おうと、革命一周年祭が計画されていた。それとして実行委員会が設けられるかたわら、他の委員会でも作業計画の、ひとつの目処《めど》とみなされるようになっていた。

行政改革然り、教会改革然りで、それぞれの委員会は革命一周年までに法案を成立させたいと考えていたし、また反対の立場を取る議員たちは、右派であれ、左派であれ、一周年までに通過を阻めば、あとは廃案に追いこめると、そんなような捉《とら》え方をしていたのだ。

「ただでさえ仕事は山積しているのだ。宣戦講和の権限などという、この程度の議題については、さっさと片づけてしまおう」

言葉のうえでは軽く片づけながら、もちろんミラボーは瑣末《さまつ》な問題であるとは考えていなかった。それどころか、本音をいえば、これぞ最重要課題である。が、だから中途半端な言葉にしてしまっては、お終《しま》いなのだ。まとまる話も、まとまらなくなるのだ。

「片づけるといって、どういたします」

「そこだ、デュポール。我々で具体的に法案の下地を拵《こしら》えるというのは、どうだ。この四人の了解なのだと根回ししたうえで、議員諸氏に議決させるという算段だ」

「御話《おはなし》はわかりました。我々とて議論のための議論を望んでいるわけではありません。憲法制定作業を前進させたい。中道派も取りこんで、是非にも法案を通過させたい」

「しかし、問題はどんな法案を作るかです。具体的に、どういう結論にもっていくかです」

ラメットが割りこんだ。発議をなした当人だけに、ただ法案を通過させるために御茶《おちゃ》を濁すような結論には運びたくないのだろう。いっときますが、ミラボー伯爵、とにかく多くの議員を取りこもうとするあまり、焦点がぼやけてしまったり、あるいは玉虫色になったりしても、それは納得できる話ではありませんよ。

「まさかとは思いますが、宣戦講和の権利は国王大権の一部であるとか、でなくとも、はじめから王に権限委譲されていて然るべきだとか、そういう結論ならば、私としては妥協したくありませんよ」

と、バルナーヴまで後に続いた。「バルナーヴが話す」と称されるだけに、三頭派では一番の論客である。法曹でもあっただけに、難しい概念用語もすらすら口を突いて出てくる。先の先を読める頭の良さもある。

——やっぱり、いけすかない奴《やつ》だ。

そうミラボーが心に吐き出したというのは、最初から深謀遠慮がみえすぎるからだった。「私としては」と自分だけの話のように持ち出しながら、これこれが容《い》れられないでは仲間を説得する気はない、自分が動かなければ左派が賛同することはないと、要は最初に釘《くぎ》を刺してきたのである。

いいかえれば、さらりと流したようでいて、がつんと一番に鼻柱を叩いてきた。ラメットのような我儘《わがまま》坊主の可愛げもなく、のっけから対決姿勢というわけだ。

ミラボーとしては、多少は憮然《ぶぜん》とせざるをえなかった。でなくとも、そんなに馬鹿にしてもらっては困る。議会での平行線を、ここで再び描きたくて、話を持ちこんだわけではない。

「宣戦講和の権利は国民にある。権限も国民の代表である議会にあり、はじめから王に委譲されているべきではない。それは明言しなければならないとは、私も考えている」

ミラボーは答えた。聞くや、三頭派の表情が弛《ゆる》んだ。それならば納得できる。仲間を説得することもできる。まるきり左派の主張を容れた考え方であり、これを議会随一の雄弁家が支持してくれるなら法案成立の芽も出てくると、そんな風に浮かれてのことだろう。が、こちらとしては、逆説で続けざるをえないのだ。

「しかし、それだけでは右派は納得しない」

「右派なんか、はじめから説得しようがないでしょう」

「平原派も、どこまで支持してくれるものか、ちょっと読めない情勢だ」

「それは……」

「強行採決に訴えたところで、現状では左派は負ける。無駄な負けだよ。国王政府の勝利を印象づけるだけだよ。あるいは勝てるかもしれない。多数を取れるかもしれない。が、そのとき右派は手を替え品を替えして、必ず蒸し返してくるぞ。そうして審議が長引くだけなら、こうして我らが会談している意味がない」

「どうすれば」

「そこなのだ、デュポール。私としては補足的な法文を設ければ、あるいは保守派の取り込みも可能になるのではないかと考えている」

「とすると、どんな法文になりますか」

「例えば、こんな感じだろうか。宣戦講和の権利は国民に帰属する。戦争は憲法制定国民議会の宣言によってしか決定されえない。しかしながら、そのための審議は王の提案、もしくは要請に基づき、また宣戦講和の決定も王の批准によって実効性を有する」

国王大権の擁護をめざしているとはいえ、ミラボーは全面勝利など、はじめから考えていなかった。これこれでなければ絶対に応じられないと、子供じみた態度で臨むつもりなどはない。狙《ねら》うのは半分の勝利なのだ。

大原則においては譲歩するかわり、実際の運用は従来の国王大権と変わりないよう整える。これを議会戦略でいうならば、左派には名を、右派には実を、中道穏健派には全員が賛同するのだという安心感を与えることで、法案通過に持ちこむ策ということになる。

が、半分の勝利という発想がない連中もいる。子供でないとするならば、それを不潔に思う感覚こそ、純粋理性が売りの左派なのだというべきか。

「それでは、これからも王の意思で戦争することになりますよ」

ラメットが身を乗り出した。ミラボーは平然として答えた。

「いや、いわゆる提議権にすぎんよ。気に入らなければ、議会は否決すればよいのだ」

「それは、そうなんですが……。なんというか、これまでの王家と高等法院の関係を、ただ焼き直しただけという気がしないでもなく」

元高等法院官僚デュポールが後を受けた。つまりは行為の主体が王なんです。対するに高等法院は、法文登録を拒否し、また王に建白を行うというような、受身な抵抗しかできなかった。だからこそ、我々は全国三部会の召集を要求したという経緯もあり……。

「アンシャン・レジームに戻った気がするというわけか。が、今さら革命が逆戻りするわけではない。戻るような錯覚があれば、かえって重畳というべきだろう。そこに保守派が安住できる余地が生まれるわけだからね」

デュポールは、まだ不服げな顔だった。ここぞとミラボーは言葉を重ねた。もとより、議会が自分で開戦を云々《うんぬん》する、終戦を云々するというのは、事実上困難な話だろう。

「執行権でないからには、我々には軍隊もなければ、諜報《ちょうほう》機関もない。予防的な措置は講じられないし、防衛的な措置にしても後手後手に回らざるをえない。少なくとも現状では、既存の政府機能に頼るしかないのだ」

「しかし、です、ミラボー伯爵。いくら拒否できるといって、戦争といえば変わらず王の戦争というのは、どうしても……、やはり議会が主導権を取りながら……」

「戦争を、したいのか、ラメット君」

「えっ、ええ、あっ、いや。私はしたくありませんよ。ああ、とんでもない」

「だろう。ああ、ロベスピエールのいう通りさ。国民は戦争なんかしない。議会が自分で開戦することなんかない。考えられる戦争といえば、国王政府からの要請しかないんだ」

左派の同志の主張を逆手に取られて、ラメットは黙るしかなくなった。が、この私は違う。

「ロベスピエール氏とは意見が違います。諸外国がフランス国民の利害に反することをした場合は、こちらから戦争を決断することだってあると考えています」

そう仲間を切り捨てながら、出てきたのが論客バルナーヴだった。

「もちろん征服戦争はしませんよ。けれど、ロベスピエール氏のいうような諸国民の善意で、フランスが守られ続けるとも思いません。加えられた悪意には応《こた》えなければならないという意味で、国民が戦争を望み、また議会が自ら戦争を発議することだってありえると私は考えているのです」

「だから、どうしたという、バルナーヴ君」

「どうした、って……」

「それほどの事態ならば、もとより国王政府が黙っておるまい」

「いや、それでは王が救世主のようになってしまう。それではアンシャン・レジームの焼き直しです。戦争も含めて、これからは全てが国民の主体的な営為でなくてはならないのです」

「宣戦講和の決定も王の批准によって実効性を有する、という部分についても、私としてはひっかかるな」

デュポールが続いた。国王の批准がなければ、開戦できないのだとしたら、国民の権利が全うされないことになる。王の利害に反する戦争はできないわけだし、また、いったん戦争が始まってしまえば、議会が止《や》めたいとなっても、王が止めるといわないかぎり、終戦にならない。これでは……。

「執行権と立法権の協調ということでは、いけないのかね」

ミラボーは答えを先んじた。双方が望んだときに開戦する。双方が望まなくなったときに終戦する。それぞれに最善を尽くすなら、独断に陥る心配もない。いいのじゃないかね、それで。

「執行権と立法権は協調できるよ。ああ、昨年のような事態は特別だよ。対立も激したあげくに、あんなバスティーユのような事件が、何度も繰り返されるわけがない。こうまで革命が進行した今なお、国王政府と敵対していなければならない理由が、全体どこにあるのかね」

「もちろん、闇雲《やみくも》に敵対するつもりはありませんよ。執行権と立法権の反目も結構とは思わない。しかし、問題は行為の主体ということで……」

デュポールに食い下がられて、ミラボーは答えるかわりに今度は溜《た》め息をついた。納得してはもらえないか。やはり議会で意見を戦わせるしかないか。独り言も聞こえよがしで、そろそろとばかりに、こちらも脅し文句だった。ああ、断るのなら、覚悟してもらわなければならない。この革命の獅子《しし》を相手に、血みどろの戦いを演じることまで。

28――衝突

「そのようですね、ミラボー伯爵」

答えたのはバルナーヴだった。あとの二人がハッと驚愕《きょうがく》顔になるくらい、その答え方には傲岸《ごうがん》の色が濃かった。なるほど、議会で意見を戦わせるなら、話すバルナーヴには考えるデュポール、動くラメットの比でない自負があるわけだ。

「とすると、ははあ、そういうわけか、バルナーヴ君」

「どういうわけですか、ミラボー伯爵」

「つまりは望むところの好機到来というわけだな。この私と論戦を演じることで、雄弁家としての名前を高めたいというわけだな」

「憚《はばか》りながら、今だって私は屈指の論客とされていますよ」

「だったら、下手に衝突してわざわざ太鼓判を押されなくてもいいだろう、議会第二の雄弁家だなんて」

「第二の……」

「第一かね、君が」

「そうはいいませんけれど……」

「第一の雄弁家である私とやりあって負ければ、そこがはっきりするというのだよ」

恥をかくことになるぞ、二番手くん。いいながら、ミラボーは立ち上がった。もう少し説得を続けてもよいかと、そういう気分がないではなかった。が、デュポール、ラメットの二人は措《お》くとして、バルナーヴが相手となると、もう談合は時間の無駄だとも判断せざるをえなかった。現に追い討ちをかけるように、今も吠《ほ》え続けているではないか。

「恥をかくのは、どちらになるか、楽しみですね、ミラボー伯爵」

「なに」

「お忘れですか。伯爵は己の雄弁に溺《おぼ》れて、恥をかいているのですよ、昨年の十一月に」

大臣の椅子《いす》を求めて、その野望を阻まれた一件のことである。ミラボーは口角の笑みだけ置き土産《みやげ》に、ジャコバン・クラブを後にした。はん、忘れてなどいるものか。ああ、今も一番に頭に浮かんでくるくらいだよ。

ミラボーはサン・トノレ通りに出た。物別れの口論を振りきる勢いあまってか、ふらと足元が揺れた。あるいは刹那《せつな》に揺れたのは脳天のほうだったろうか。

そのまま意識が飛んでしまう予感もあった。それでも迫力満点の巨軀《きょく》のほうは、まるで健在にみえてしまうらしいのだ。

「ああ、ミラボー伯爵、いつも応援していますよ」

「教会改革ですか、ありゃあ痛快な話ですなあ」

「ええ、ええ、坊主どもの臍繰《へそく》りなんか、一マルク残らず取り上げてくださいや」

昨今サン・トノレ通りは政治通の界隈《かいわい》になっている。往来の人々に声をかけられては、ミラボーも気力を振り絞り、自分を引き戻さないわけにはいかなかった。ああ、足を踏ん張れ。こんなところで無様に倒れたりするな。

「ええ、やりますよ。皆さんが支持を寄せてくれるかぎり、フランスのために粉骨砕身、このミラボーは働かせていただきます」

そう答えて手を振るや、大急ぎで歩き出した。粉骨砕身とは洒落《しゃれ》にならない。実際、頭が割れるように痛い。また発熱しているようだ。が、だから病は百も承知のうえなのだ。

――やはり短期決戦しかないな。

手段を問うている場合ではないな。そう口許《くちもと》で呟《つぶや》きながら、向かうのは東のサン・トノレ門の方角だった。とはいえ、そんなに長い距離を歩くというわけではない。ほんの数区画で立ち止まったところが、パレ・ロワイヤルの塀衝立《へいついたて》の前だった。

開明的な親王オルレアン公家の宮殿は、自由主義の殿堂である。自由といえば、パレ・ロワイヤルは区画ごと賃貸に出され、種々雑多な商売が営まれている場所でもある。なかんずく、カフェが多い。たむろする教養人も一人や二人の話ではない。歩を進めれば、また声をかけられるのは必定《ひつじょう》だった。

——今度こそ、あらかじめ避けるが利口だ。

早くも気づいて、こちらに会釈などしてくる門番を無視すると、ミラボーは東向きの歩みを続けた。しばし立ち止まるとしても、それは塀衝立からパレ・ロワイヤルの中庭に進むのでなく、沿道に停車中の馬車を探したのみだった。

所望の「赤の横縞《よこじま》に三頭の金の童獅子《わらべじし》」は、すぐにみつかった。その紋章が描かれた扉に近づくと、ミラボーは遠慮もなく取手に長い指をかけ、ぐらりと車体を大きく傾けながら、その巨体を車室へと潜りこませた。

無造作に乗りこんだが、それは自分の馬車ではなかった。事実、御者台から中を覗《のぞ》いた顔が怒面になっていた。が、その強張《こわば》りも瞬時に解ける。

「ああ、ミラボー伯爵であられましたか」

「おまえの主人は」

「まだなかにおられます」

「呼んでこい」

銀貨一枚と一緒に命令すると、御者は風を巻く勢いで駆け出した。車窓から往来を眺めるまま、それから十分もすぎたろうか。

同じ御者に伴われて、馬車に近づいてくる影は、肩を大きく上下させる奇妙な歩き方だった。扉が大きく開かれるや、ミラボーは大きな手を差し出し、その腕を引き上げてやった。おかげで随分楽に馬車に乗りこめたはずなのだが、その礼を述べるより先に、タレイランときたら一番に冷笑だった。

「はん、どうやら不調に終わったようだね」

三頭派との談合については、前もってタレイランにも伝えていた。周到に因果を含めていたこともあり、さすがの無神経男も耳元に口を寄せて、このときばかりは小声ながらの皮肉だった。

大きく声に出すわけにはいかない。もうひとり、後に続いてくる男がいたからだ。

「さあ、ラ・ファイエット侯爵」

ミラボーは乗車を促す手ぶりと一緒に名前を呼んだ。軍人だけに颯爽《さっそう》たる身のこなしで、ラ・ファイエットは車室に続いた。が、対面して膝《ひざ》を突き合わせるほど、窮屈を感じざるをえない巨漢に迎えられたことについては、さすがに緊張顔にならずにはいられないようだった。

「タレイラン猊下《げいか》、これは一体どういう……」

「昔馴染《むかしなじみ》の悪友ですよ、このミラボー伯爵という男は」

「そうかもしれませんが、この私に一体なんの……」

「今夜は羽目を外しましょう」

と、ミラボーが後を受けた。侯爵はアメリカが長くておいででしょう。悪い国ではないが、プロテスタンティズムというんですか、質素、倹約、勤勉は結構ながら、どうにも、こうにも、生真面目《きまじめ》な感じが否めませんな。

「さぞや堅苦しくておられたのじゃないですか。ええ、ええ、歓楽というものは、やはりパリですよ。アンシャン・レジーム的な頽廃《たいはい》といえば頽廃ですが、その魅力というものを知り尽くした我ら二人に御付き合いくださるのも、ときには一興なのではありませんか」

まだ合点ならないらしく、ラ・ファイエットは目を瞬《しばたた》かせるばかりだった。

「出せ」

侯爵に構うことなく、タレイランは自分の御者に命じていた。ええ、出しますよ。ええ、ええ、なにも衝突するばかりが能じゃありませんからね。

主要参考文献

・J・ミシュレ『フランス革命史』（上下）桑原武夫／多田道太郎／樋口謹一訳　中公文庫　2006年
・R・ダーントン『革命前夜の地下出版』関根素子／二宮宏之訳　岩波書店　2000年
・R・シャルチエ『フランス革命の文化的起源』松浦義弘訳　岩波書店　1999年
・J・オリユー『タレラン伝』（上下）宮澤泰訳　藤原書店　1998年
・G・ルフェーヴル『1789年―フランス革命序論』高橋幸八郎／柴田三千雄／遅塚忠躬訳　岩波文庫　1998年
・G・ルフェーブル『フランス革命と農民』柴田三千雄訳　未来社　1956年
・S・シャーマ『フランス革命の主役たち』（上中下）栩木泰訳　中央公論社　1994年
・F・ブリュシュ／S・リアル／J・テュラール『フランス革命史』國府田武訳　白水社文庫クセジュ　1992年
・M・ヴォヴェル『フランス革命と教会』谷川稔／田中正人／天野知恵子／平野千果子訳　人文書院　1992年
・B・ディディエ『フランス革命の文学』小西嘉幸訳　白水社文庫クセジュ　1991年
・E・バーク『フランス革命の省察』半澤孝麿訳　みすず書房　1989年
・G・セレブリャコワ『フランス革命期の女たち』（上下）西本昭治訳　岩波新書　1973年

・スタール夫人『フランス革命文明論』（第1巻〜第3巻） 井伊玄太郎訳 雄松堂出版 1993年
・A・ソブール『フランス革命と民衆』 井上幸治監訳 新評論 1983年
・A・ソブール『フランス革命』（上下） 小場瀬卓三／渡辺淳訳 岩波新書 1953年
・P・ニコル『フランス革命』 金沢誠／山上正太郎訳 白水社文庫クセジュ 1965年
・G・リューデ『フランス革命と群衆』 前川貞次郎／野口名隆／服部春彦訳 ミネルヴァ書房 1963年
・A・マチエ『フランス大革命』（上中下） ねづまさし／市原豊太訳 岩波文庫 1958〜1959年
・J・M・トムソン『ロベスピエールとフランス革命』 樋口謹一訳 岩波新書 1955年
・鹿島茂『情念戦争』 集英社インターナショナル 2003年
・野々垣友枝『1789年 フランス革命論』 大学教育出版 2001年
・高木良男『ナポレオンとタレイラン』（上下） 中央公論社 1997年
・河野健二『フランス革命の思想と行動』 岩波書店 1995年
・河野健二／樋口謹一『世界の歴史15 フランス革命』 河出文庫 1989年
・河野健二『フランス革命二〇〇年』 朝日選書 1987年
・河野健二『フランス革命小史』 岩波新書 1959年
・柴田三千雄『フランス革命』 岩波書店 1989年
・柴田三千雄『パリのフランス革命』 東京大学出版会 1988年
・芝生瑞和『図説 フランス革命』 河出書房新社 1989年

・多木浩二『絵で見るフランス革命』岩波新書　1989年
・川島ルミ子『フランス革命秘話』大修館書店　1989年
・田村秀夫『フランス革命』中央大学出版部　1976年
・前川貞次郎『フランス革命史研究』創文社　1956年

◇

・Anderson, J.M., *Daily life during the French revolution*, Westport, 2007.
・Andress, D., *French society in revolution, 1789–1799*, Manchester, 1999.
・Andress, D., *The French revolution and the people*, London, 2004.
・Bailly, J.S., *Mémoires*, T.1–T.3, Paris, 2004–2005.
・Bessand-Massenet, P., *Robespierre: L'homme et l'idée*, Paris, 2001.
・Bonn, G., *Camille Desmoulins ou la plume de la liberté*, Paris, 2006.
・Bordonove, G., *Talleyrand: Prince des diplomates*, Paris, 1999.
・Carrot, G., *La garde nationale, 1789–1871*, Paris, 2001.
・Castries, Duc de, *Mirabeau*, Paris, 1960.
・Chaussinand-Nogaret, G., *Louis XVI*, Paris, 2006.
・Desprat, J.P., *Mirabeau: L'excès et le retrait*, Paris, 2008.
・Dingli, L., *Robespierre*, Paris, 2004.
・Félix, J., *Louis XVI et Marie-Antoinette*, Paris, 2006.
・Gallo, M., *L'homme Robespierre: Histoire d'une solitude*, Paris, 1994.

- Hardman, J., *The French revolution sourcebook*, London, 1999.
- Haydon, C. and Doyle, W., *Robespierre*, Cambridge, 1999.
- Lalouette, J., *La séparation des églises et de l'État: Genèse et développement d'une idée, 1789–1905*, Paris, 2005.
- Lever, É., *Marie-Antoinette: La dernière reine*, Paris, 2000.
- Livesey, J., *Making democracy in the French revolution*, Cambridge, 2001.
- Mason, L., *Singing the French revolution: Popular culture and politics, 1787–1799*, London, 1996.
- McPhee, P., *Living the French revolution, 1789–99*, New York, 2006.
- Rials, S., *La déclaration des droits de l'homme et du citoyen,* Paris, 1988.
- Robespierre, M. de, *Œuvres de Maximilien Robespierre, T.1–T.10*, Paris, 2000.
- Robinet, J.F., *Danton homme d'État*, Paris, 1889.
- Saint Bris, G., *La Fayette*, Paris, 2006.
- Saint-Just, *Œuvres complètes*, Paris, 2003.
- Schechter, R. ed., *The French revolution*, Oxford, 2001.
- Scurr, R., *Fatal purity: Robespierre and the French revolution*, New York, 2006.
- Tackett, T., *Becoming a revolutionary: The deputies of the French National Assembly and the emergence of a revolutionary culture(1789–1790)*, Princeton, 1996.
- Talleyrand, Ch. M. de, *Mémoires ou opinion sur les affaires de mon temps, T.1–T.4*, Clermont-Ferrand, 2004–2005.

- Vovelle, M., *1789: L'héritage et la mémoire*, Toulouse, 2007.
- Vovelle, M., *Combats pour la révolution française*, Paris, 2001.
- Walter, G., *Marat*, Paris, 1933.
- Waresquiel, E. de, *Talleyrand: Le prince immobile*, Paris, 2003.

解説

愛の眼差し

茂木健一郎

この世に生まれた以上、何が起きているのか、起こりうるのかをきちんと理解したい。それが、私たちのはかない願い。それでも、私たちは、何が起きているのか、ろくに把握しないまま、日々を送っている。

日本は、なかなか光の見えない暗闇に包まれたかのようだ。国を率いる政治家も、一人ひとりの生活者も、未来へ向けたヴィジョンが問われる時代。とりわけ、「変革」が求められる昨今において、社会が変わるということは一体どういうことなのか、考え、見きわめることが必要とされている。

佐藤賢一さんの『小説フランス革命』は、フランス革命という大変動の時代を生きた人間たちを描くことで、今日の私たちにも多くの示唆を与える。過ぎ去ったできごとを整理、俯瞰《ふかん》する「歴史学」の観点とはまた違った角度から、「今、ここ」を生きる人間の切なさを描くのだ。

過ぎ去った歴史は、人間を油断させることがある。起承転結が決し、すべてが落ち着くところに落ち着いているから。いわば「後出しジャンケン」で、わかった気になってしまうのだ。実際の「生」の時間はそうではない。明日どころか、一瞬先さえも、どうなるかわからない。そんな中で、私たちは決断し、選択し、行動しなければならない。

だからこそ、佐藤さんのお仕事が生きる。歴史の登場人物たちに寄り添い、どうなるかわからない激動をともに進むことでしか、わからぬ革命の感触がある。そうすることでしか、体得できない生命のリズムのようなものがある。

折しも、日本は、大きな変化の時を迎えている。「失われた十年」「失われた二十年」「ガラパゴス化」。そんな言葉たちが、もはや新鮮味さえ失ってしまった。今成人するくらいの若者は、調子が外れた日本しか知らない。沈滞が血肉化した私たちは、すでに、もう動き回るしかないと感じ始めている。

そんな中で、激動をどう切り抜けるのか、叡智《えいち》が求められている。歴史に対する私たちのまなざしは、よほど真剣さを増しているのだ。

『小説フランス革命』の最大の魅力は、その個性あふれる登場人物たちである。国民議会と王家とのパイプ役を果たしたミラボー。秀才の誉れ高く、潔癖主義で、あるいはそれがゆえに恐怖政治に走り、自らも断頭台の露と消えたロベスピエール。雄弁で知られ、恐怖政治に対抗するも、ロベスピエールによってとらえられ、処刑されてしまったダントン。

革命を彩る個性的な立役者たち。行き混じり、意見を交わし、時にはぶつかり、挫折《ざせつ》し、高揚し、命を落とす。その波瀾万丈《はらんばんじょう》の物語を、すでに「結果」がわかってしまった俯瞰的な視点からではなく、一寸先がどうなるかわからない、まさにその不安定さの中でこそ味わう。『小説フランス革命』には、そんな「今、ここ」のときめきがある。先を見通せないからこその、私たちの生命なのだ。

変革の時を迎えている日本。フランス革命時とは、時代も国柄も異なるけれども、小説を貫くいくつかのモティーフは、私たちが生きる「今、ここ」に、深く大きな示唆を与えるだろう。その教訓は、たとえば、右に述べた立役者たちの個性の中にある。個性が響き合い、歴史を作っていく。その力学の成り立ちの中に、現代を映す鏡があるのだ。

そもそも、歴史は、どのように発展していくものなのだろうか。

一つの見方は、歴史には必然的な発展法則があり、個々の人間の性質や行動、そしてヴィジョンなどとは関係なく、動くべき方向に動いていくというものである。そのような社会の変化の法則の前には、個々の人間の力は無に等しい。私たちは、歴史という大海に吹きすさぶ嵐と、その大波に翻弄される小さな木の葉に過ぎない。せいぜいできることは、歴史の波にいかに乗るか、あるいはやり過ごすかということだけ。そのような歴史観は、個人を無力な存在と感じさせる。

例えば、カール・マルクスは、資本主義社会から革命を経て社会主義、共産主義社会への移行を「必然」と考えた。だが、実際には歴史はそのようには展開しなかった。むしろ、資本主義は、さらに強固なものになっているようにさえ見える。しかし、その方向こそ違っても、マルクスにおけるような歴史の「普遍的発展法則」を標榜《ひょうぼう》する傾向は、今でも続いている。最近で言えば、「グローバル化」の下で、日本の産業が国境を越えた「競争」にさらされるのは避けられないというような論がそうであろう。近年における最大の政治課題として浮上した「ＴＰＰ」（環太平洋戦略的経済連携協定）を巡る議論においても、そのような「必然」が語られ、ささやかれている。

言うまでもなく、歴史という大きな渦に対する、私たちの参画の仕方は一様ではない。国家の中枢に近い人が過ごす二十四時間と、田舎住まいの中で、のんびりと暮らす人のそれとでは、マクロな歴史に対する関わりの意味合いは異なる。それでも、私たちが見失ってならないのは、いかに、歴史というものが、最終的には一人ひとりの「個」の性質によって左右されるかという事実であろう。そのことは、『小説フランス革命』の中に活写されているところである。

一七八九年七月十四日、バスティーユ襲撃によって始まったフランス革命。ルソーの「社会契約説」などの思想をバックボーンとして、自由や平等、友愛をうたった革命運動は、近代の民主主義国家への扉を開いたという意味では高く評価されるものの、その一方で流血の混乱を避けることができなかった。

市民がその自由や権利を手にすることはよきこととして、国王ルイ十六世や、王妃マリー・アントワネットを処刑する必要は、果たしてあったのか。ロベスピエールらのジャコバン派による「恐怖政治」は、避けられないものだったのか？　ナポレオン・ボナパルトによる帝政や、王政の復活など、さまざまな紆余曲折《うよきょくせつ》を経て、最終的には現在に続く共和制の定着に至る、その道筋において、一人ひとりの「個性」は、間違いなく重大な意味を持っていたのではないか。

もし、ロベスピエールが、あそこまで徹底して「潔癖」でなかったら、その「恐怖政治」はあれほどの流血を見るに至っただろうか？　生涯にわたり、女性と関わることがなかったともされるロベスピエール。カトリックの「神」の代わりに彼が構想した「最高存在」は、人間の理性に対する信奉に基づいていたが、同時に、それは、異質な思想を受け入れない、頑なさの顕れでもあった。ロベスピエールが、もっといいかげんで、酒や女におぼれるくらいの人だったら、あの空白忌避的な恐怖政治は生まれなかったろう。

革命の混乱の中で処刑されたルイ十六世。その報は、当時のヨーロッパ世界に衝撃を与えた。しかし、その死は果たして「革命」に伴う必然であったのか？　アメリカ独立戦争を支援したり、啓蒙思想に理解を示すなど、進歩的な側面があったルイ十六世。一方で、革命が進行している最中の一七九一年六月、国外に逃亡を企てて、ヴァレンヌでつかまってしまった（ヴァレンヌ事件）ことは、その後の国王の運命を決定付けるものだった。

国民議会との間のパイプ役として信頼していたミラボーが急死したとはいえ、王妃マリー・アントワネットのいわば「言いなり」になった逃亡計画は、国王の優柔不断な性格を示して余りあるものであった。もし、ルイ十六世の性格がもう少し決然としていたものだったら、彼がギロチンの露と消えることもなかったかもしれない。

ルイ十六世。マリー・アントワネット。ミラボー。ロベスピエール。ダントン。フランス革命に関わるさまざまな人の紛れもない個性が、実際、歴史という巨大な流れの方向を左右し、フランス社会の顔を一変させた。そのような事実をありありと見る時、私たちは、一人ひとりが個性ある人間であることのかけがえのなさに思い至り、震撼《しんかん》する。

歴史が決してマクロの普遍的法則によって機械的に決まっていくものでなどないことは、幕末の日本を考えてもわかることである。徳川慶喜。高杉晋作。吉田松陰。坂本龍馬。勝海舟。激動の歴史に関わった人たちの、その性格がもし少しでも異なるものであったならば、私たちの知る幕末から明治にかけての日本の歴史は、様相を一変させていたことだろう。

いや、そもそも、明治がなかった可能性さえ、考えられるのだ。

歴史とは、つまりは、「複雑系の科学」の現場である。1＋1が2にはならない。「蝶のはばたき効果」で、ほんの小さな変異が、やがて全体の様相を更新してしまう。歴史という巨大な廻り舞台の「てこの支点」の近くにたまたま立っていた人が、ほんのささいな行為で、重大な結果を招来してしまう。歴史は、普遍的法則の適用の結果などではない。それは、私たちの本当にささやかな性癖が最終的には大きく流れを変えてしまう、カオスの現場なのだ。

フランスや日本、あるいは世界という巨視的な歴史では、なかなか実感がわかないかもしれない。それでは、私たち一人ひとりの、ちっぽけな人生の歴史はどうか。そこでは、あきらかに、私たち自身、あるいは私たちの関わる人たちの性格が、その行く末に重大な影響を及ぼしている。

自分自身の世界観の、ちょっとした癖。価値観の、ほんのささいな傾向。人との関わり方における、微妙な距離感。そのような私たちの傾向が、人生の帰結を変え、明日の色を染めていく。そう考えると、たった一度だけの私たちの人生が、愛しい。せいぜい精一杯生きてみようと思う。

フランス革命も、明治維新も、ささやかな私の人生も、繰り返すことのないかけがえのない日々。容易に見通せないからこそ、自分自身と、目の前の人を熱く見つめ、抱く。

佐藤賢一さんの『小説フランス革命』は、そんな頼りのない人間たちへの愛の眼差しに満ちている。

小説フランス革命 1～9巻 関連年表

（　の部分が本巻に該当）

1

1774年5月10日	ルイ16世即位
1775年4月19日	アメリカ独立戦争開始
1777年6月29日	ネッケルが財務長官に就任
1778年2月6日	フランスとアメリカが同盟締結
1781年2月19日	ネッケルが財務長官を解任される
1787年8月14日	国王政府がパリ高等法院をトロワに追放
	——王家と貴族が税制をめぐり対立——
1788年7月21日	ドーフィネ州三部会開催
8月8日	国王政府が全国三部会の召集を布告
8月16日	「国家の破産」が宣言される
8月26日	ネッケルが財務長官に復職
	——この年フランス全土で大凶作——
1789年1月	シェイエスが『第三身分とは何か』を出版

3月23日　マルセイユで暴動
3月25日　エクス・アン・プロヴァンスで暴動
4月27〜28日　パリで工場経営者宅が民衆に襲われる（レヴェイヨン事件）
5月5日　ヴェルサイユで全国三部会が開幕
同日　ミラボーが『全国三部会新聞』発刊
6月4日　王太子ルイ・フランソワ死去
6月17日　第三身分代表議員が国民議会の設立を宣言

1789年6月19日　ミラボーの父死去
6月20日　球戯場の誓い。国民議会は憲法が制定されるまで解散しないと宣誓
6月23日　王が議会に親臨、国民議会に解散を命じる
6月27日　王が譲歩、第一・第二身分代表議員に国民議会への合流を勧告
7月7日　国民議会が憲法制定国民議会へと名称を変更
　——王が議会へ軍隊を差し向ける——
7月11日　ネッケルが財務長官を罷免される
7月12日　デムーランの演説を契機にパリの民衆が蜂起

3

1789年7月14日　パリ市民によりバスティーユ要塞陥落
——地方都市に反乱が広まる——
7月15日　バイイがパリ市長に、ラ・ファイエットが国民衛兵隊司令官に就任
7月16日　ネッケルがみたび財務長官に就任
7月17日　ルイ16世がパリを訪問、革命と和解
7月28日　ブリソが『フランスの愛国者』紙を発刊
8月4日　議会で封建制の廃止が決議される
8月26日　議会で「人間と市民の権利に関する宣言」（人権宣言）が採択される
9月16日　マラが『人民の友』紙を発刊
10月5〜6日　パリの女たちによるヴェルサイユ行進。国王一家もパリに移動

4

1789年10月9日　ギヨタンが議会で断頭台の採用を提案
10月10日　タレイランが議会で教会財産の国有化を訴える
10月19日　憲法制定国民議会がパリに移動
10月29日　新しい選挙法・マルク銀貨法案が議会で可決
11月2日　教会財産の国有化が可決される

11月頭	ブルトン・クラブが憲法友の会と改称し、集会場をパリのジャコバン僧院に置く（ジャコバン・クラブの発足）
11月28日	デムーランが『フランスとブラバンの革命』紙を発刊
12月19日	アッシニャ（当初国債、のちに紙幣としても流通）発売開始
1790年1月15日	全国で83の県の設置が決まる
3月31日	ロベスピエールがジャコバン・クラブの代表に
4月27日	コルドリエ僧院に人権友の会が設立される（コルドリエ・クラブの発足）
1790年5月12日	パレ・ロワイヤルで1789年クラブが発足
5月22日	宣戦講和の権限が国王と議会で分有されることが決議される
6月19日	世襲貴族の廃止が議会で決まる
7月12日	聖職者の俸給制などを盛り込んだ聖職者民事基本法が成立
7月14日	パリで第一回全国連盟祭
8月5日	駐屯地ナンシーで兵士の暴動（ナンシー事件）
9月4日	ネッケル辞職

5

6

1790年11月30日　ミラボーがジャコバン・クラブの代表に

12月27日　司祭グレゴワール師が聖職者民事基本法に最初に宣誓

12月29日　デムーランとリュシルが結婚

1791年1月　宣誓聖職者と宣誓拒否聖職者が議会で対立、シスマ（教会大分裂）の引き金に

1月29日　ミラボーが第44代憲法制定国民議会議長に

2月19日　内親王二人がローマへ出立。これを契機に亡命禁止法の議論が活性化

4月2日　ミラボー死去。後日、国葬でパンテオンに偉人として埋葬される

7

1791年6月20日～21日　国王一家がパリを脱出、ヴァレンヌで捕らえられる（ヴァレンヌ事件）

8

1791年6月21日　一部議員が国王逃亡を誘拐にすりかえて発表、廃位を阻止

7月14日　パリで第二回全国連盟祭

7月16日	ジャコバン・クラブ分裂、フイヤン・クラブ発足
7月17日	シャン・ドゥ・マルスの虐殺
1791年8月27日	ピルニッツ宣言。オーストリアとプロイセンがフランスの革命に軍事介入する可能性を示す
9月3日	91年憲法が議会で採択
9月14日	ルイ16世が憲法に宣誓、憲法制定が確定
9月30日	ロベスピエールら現職全員が議員資格を失う
10月1日	新しい議員たちによる立法議会が開幕
11月9日	亡命貴族の断罪と財産没収が法案化
11月16日	ペティオンがラ・ファイエットを選挙で破りパリ市長に
11月25日	宣誓拒否僧監視委員会が発足
12月3日	亡命中の王弟プロヴァンス伯とアルトワ伯が帰国拒否声明 ――王、議会ともに主戦論に傾く――
12月18日	ロベスピエールがジャコバン・クラブで反戦演説

初出誌　「小説すばる」二〇〇八年一月号～二〇〇八年四月号

二〇〇九年三月に刊行された単行本『聖者の戦い　小説フランス革命Ⅲ』と、同年九月に刊行された単行本『議会の迷走　小説フランス革命Ⅳ』（共に集英社刊）の二冊を文庫化にあたり再編集し、三分冊しました。

本書はその一冊目にあたります。

佐藤賢一の本

ジャガーになった男

「武士に生まれて、華もなく死に果ててたまろうものか！」〝戦い〟に魅了されたサムライ・寅吉は冒険を求めて海を越える。17世紀のヨーロッパを駆けぬけた男の数奇な運命を描く。

佐藤賢一の本

傭兵ピエール（上・下）

魔女裁判にかけられたジャンヌ・ダルクを救出せよ——。15世紀、百年戦争のフランスで敵地深く潜入した荒くれ傭兵ピエールの闘いと運命的な愛を雄大に描く歴史ロマン。

佐藤賢一の本

赤目のジャック

殺せ。犯せ。焼きつくせ。中世フランスに起きた農民暴動「ジャックリーの乱」。農民が領主を虐殺するモラルの混乱の中で、青年フレデリは人間という「獣」の深い闇を見てしまう。

佐藤賢一の本

王妃の離婚

1498年フランス。国王が王妃に対して離婚裁判を起こした。田舎弁護士フランソワは、その不正な裁判に義憤にかられ、孤立無援の王妃の弁護を引き受ける……。直木賞受賞の傑作。

佐藤賢一の本

カルチェ・ラタン

時は16世紀。学問の都パリはカルチェ・ラタン。世間知らずの夜警隊長ドニと女たらしの神学僧ミシェルが巻き込まれたある事件とは？　宗教改革の嵐が吹き荒れる時代の青春群像。

佐藤賢一の本

オクシタニア（上・下）

宗教とは、生きるためのものか、死ぬためのものか。13世紀南フランス、豊饒の地オクシタニアに繁栄を築いた異端カタリ派は、十字軍をいかに迎え撃つのか。その興亡のドラマを描く、魂の物語！

集英社文庫

集英社文庫

聖者《せいじゃ》の戦《たたか》い　小説《しょうせつ》フランス革命《かくめい》4

2011年12月20日　第1刷
2020年10月10日　第2刷

定価はカバーに表示してあります。

著　者　佐藤賢一《さとうけんいち》

発行者　徳永　真

発行所　株式会社 集英社
東京都千代田区一ツ橋2-5-10　〒101-8050
電話　【編集部】03-3230-6095
【読者係】03-3230-6080
【販売部】03-3230-6393(書店専用)

印　刷　凸版印刷株式会社

製　本　凸版印刷株式会社

フォーマットデザイン　アリヤマデザインストア　　マークデザイン　居山浩二

ISBN978-4-08-746771-0 C0193